集英社オレンジ文庫

吸血鬼と呪いの森

赤川次郎

イラスト／ひだかなみ

CONTENTS

吸血鬼の渡る島
7

吸血鬼と呪いの森
91

吸血鬼と失われた記憶
159

MAIN CHARACTERS

神代エリカ
吸血鬼クロロックと日本人女性の間に生まれたハーフの吸血鬼。
父ほどではないが、吸血鬼としての特殊能力を受け継いでいる。
現役女子大生。

フォン・クロロック
エリカの父で、東欧・トランシルヴァニア出身の正統な吸血鬼。
…なのだが、今は『クロロック商会』の
雇われ社長をやっている。恐妻家。

涼子
エリカの母亡き後、クロロックの後妻となった。
エリカより一つ年下だが、一家の実権は彼女が
握っていると言っても過言ではない。

虎ノ介
通称・虎ちゃん。クロロックと後妻・涼子の間に生まれた、
エリカの異母弟にあたる。特殊能力の有無はまだ謎だが、
嚙み癖がある。

橋口みどり
エリカ、千代子と同じ大学に通っている友人。
かなりの食いしんぼで、美味しいものがあれば文句がないタイプ。

大月千代子
エリカ、みどりの友人で、大学では名物三人組扱いされている(?)。
三人の中では、比較的冷静で大人っぽい。

KYUKETSUKI TO NOROI NO MORI

吸血鬼と
呪いの森

JIRO ✠ AKAGAWA

赤川次郎

吸血鬼の渡る島

✠絶海の孤島

「へえ……」

と、つい声を上げていた。

「こんな島があるんだ」

神代《かみしろ》エリカは、乗っているモーターボートが波のうねりを切り裂くように進んで行くうち、目の前に迫ってくる岩だらけの島に見とれてしまっていた。

「揺れるわねえ」

と、グチを言っているのは、エリカの「母親」涼子《りようこ》である。

エリカの父、フォン・クロロックが再婚した相手が涼子で、何とエリカより一つ年下。

「もう少しの辛抱《しんぼう》だ」

と、若い妻に弱いクロロックは、しっかりと抱いてやって、

「帰りは、もう少し揺れないボートを頼もう」

揺れるのはボートの問題じゃなくて、海の方の問題じゃないの？　――そう言いそうになったが、エリカは何とか呑《の》み込んだ。

フォン・クロロックと涼子、そして息子の虎ノ介《とらのすけ》。神代エリカを加えた一家の他に、大型のボートには、エリカの大学の友人、大月千代子《おおつきちよこ》と橋口《はしぐち》みどりが乗っていた。

「立派じゃない、あの建物」

と、みどりが、崖《がけ》の上に建つ、白亜の建物を目にとめて言った。

「本当だ、すてきね」

と、千代子が言うと、みどりは、

「きっと、おいしいものが出るわよ！」

と、食いしん坊の直感で言った。

ボートが減速すると、その島の小さな入江らしいものが見えて来た。

「あそこだけが、波が静かで、ボートを着けられるんですよ」

と言ったのは、このボートを操っている青年だった。

三十前後だろうか、スラリと長身で、爽《さわ》やかな印象の男性だった。

慣れているらしく、巧みにボートをその入江に入れると、桟橋《さんばし》に寄せた。

ポンと飛び下りると、ボートを太いロープでつなぎ止め、ボートから板を渡した。

「さあ、どうぞ」

エリカたちは、クロロックと、虎ノ介を抱いた涼子を先頭にボートを降りた。

「何だか足下がフワフワしてる」

と、みどりが言った。

「すぐ戻りますよ、感覚が」

と、青年は言って、

「荷物を下ろします」

ボートから台車を下ろし、そこにみんなの荷物を運んで来て積むと、

「さあ、行きましょう」

と、台車を押しながら言った。

しかし、桟橋からも高い崖があって、屋敷はその上だ。

「——どうやって上まで行くの？」

と、みどりが不安げに、

「私、登山は苦手」

「まさか」

と、エリカが笑った。

「ご心配なく」

崖に穴が掘ってある。そこへ入って行って、明かりが点《つ》くと——。

「エレベーター！」

と、千代子が目を丸くした。

「この崖を掘って造ったんですか？」

と、エリカは訊いた。

「そうです。大工事だったでしょうね」

と、青年は言って、

「ああ、申し遅れました。僕は倉田《くらた》といいます。こちらの竹ノ原《たけのはら》様に雇われていまして」

エレベーターの扉がガラガラと開く。

「さあ、どうぞ」

全員乗っても充分余裕のある、大きなエレベーターだ。

モーターが唸《うな》りをたて、エレベーターは滑らかに上り始めた。

「ところで」

と、クロロックが言った。

「倉田君といったか。我々は竹ノ原さんと特に知り合いというわけでもないのだが……」

「もちろん、竹ノ原様もその点はご承知です」

「すると、ていねいにご招待いただいたのは、竹ノ原さんの方で、我々に何か用がおありなのだな？」

「そういうことだと思います。しかし、僕も詳しいことは聞いていないのです」

エレベーターが止まった。

扉が開くと、明るい光の溢《あふ》れた通路が目の前にあった。

「この奥がお屋敷です。――どうぞ」

照明に照らされているトンネルのようなその通路をずっと歩いて行くと、突き当たりにまたエレベーターがあった。

それで一階分くらい上ると――。

「わあ」

と、みどりが言った。

「映画みたい！」

確かに、広々としたロビーは大理石の床がつややかに光り、高い天井からはシャンデリアが下がって、まぶしい光を放っていた。

そして、そのロビーの中央に、ガウンをはおった男性が立っていた。

「フォン・クロロックさんですな」

と、軽く会釈《えしやく》をして、

「竹ノ原貴一《きいち》です。よくおいで下さった」

どことなく、クロロックと似た雰囲気《ふんいき》がある。長身で、スマート。しかし、髪は真白で、七十は越していると思えた。

クロロックが、家族と、同行の二人を紹介すると、

「大勢で伺《うかが》って良かったのですかな？」

「もちろんです。私の方からそうお願いしたのですから」

と、竹ノ原は言って、

「説明は後でゆっくりと。ともかく、皆さんをお部屋へご案内します」

と、倉田青年の方へ肯《うなず》いて見せた。

「どうぞこちらへ」

屋敷の中にもエレベーターがあり、エリカたちは二階へ案内された。

クロロックと涼子、虎ノ介はひと部屋で、エリカが一人、みどりと千代子は二人でひと部屋だった。

「まるで高級ホテル」

と、みどりが興奮した様子で言っている。

「――三十分しましたら、下のロビーへおいで下さい」

と言って、倉田は戻って行った。

クロロックはエリカの部屋を覗《のぞ》きに来て、

「立派なものだな。ヨーロッパの古いホテルのような造りだ」

と、中を見渡す。

「お父さん、あの竹ノ原って人……」

「うむ。おそらくヨーロッパのどこかの血が入っているな。体型や雰囲気で分かる」

「どうして私たちを招いたのか、何も言わないね」

「後で、と言っておったろう。それに、この屋敷には他にも客がいる」

「うん。それは分かった」

と、エリカは肯いた。

エリカたちが二階へ上がって来たとき、他のドアが少し開いて、様子を見ているのが分かったのである。

「それもひと部屋ではない。何人かが泊まっている」

人間よりずっと鋭い聴力を持っているクロロックは、かすかな物音や話し声を聞くことができる。

「何か変なことが起きなきゃいいけど」

と、エリカが言うと、

「変なこと、の意味にもよるがな」

と、クロロックは何か考えている様子だった。

「どういうこと？」

「いや……。なぜ、こんな絶海の孤島に、これほどの大邸宅を造ったのか、ふしぎではないか」

「それはそうだけど……。お金持ちって、たいていは少し変わってるもんでしょ」

「それはそうだが、この屋敷は、古そうな造りではあるが、実際はかなり新しい」

「それは分かるわ。建材の匂《にお》いとかが、まだ残ってるものね」

——竹ノ原貴一は、今七十二、三才だろうと言われていた。

父親が始めた小さな貿易会社を受け継いで、かなり冒険的な事業展開で、世界に手を広げ、その試みがことごとく当たって、たちまち大資産家になった。

大企業となった〈竹ノ原貿易〉だが、竹ノ原は六十才になると突然トップの座を退き、会社を五つか六つに分割して、それぞれ優秀な部下に任せた。

そして自らは華やかな舞台から姿を消してしまった。いわば「伝説中の人物」になったのである。

その竹ノ原貴一から、ていねいな直筆《じきひつ》の招待状が届いたのはひと月前。

その招待状の封筒には、この近くの空港までの飛行機のチケット、そして、この島までの車とボートの手配もすんでいることが付記されていた。

しかも、クロロック一家に加えて、エリカの二人の友達まで、合わせて招待されていたのだった。

また、その時期が、大学の試験直後の休みに入るところだったのも、偶然とは思えなかった。

「やっぱり、何かありそうね……」

と、エリカは呟《つぶや》いた。

＊名探偵クロロック

「殺人事件、ですか？」

思わず、エリカは訊き返していた。

竹ノ原貴一《たけのはらきいち》の、

「ある殺人事件について、クロロックさんに調べていただきたい」

という言葉に、驚いたのである。

クロロックの方は、ちょっと咳払《せきばら》いして、

「我が〈クロロック商会〉は、確かに手広く何でも商《あきな》っておりますが、殺人事件の調査というのは、パンフレットにもうたってはおりませんのでな……」

と言った。

「私は、色々なルートを通じて、あなたとお嬢さんについて、調べさせていただきました」

と、竹ノ原は穏やかに、

「その結果、複数の人から、クロロックさんとエリカさんには、どうみても人間とは思われない力が具《そな》わっていると分かったのです」

「それは……」

「いや、私は、お二人の身許《みもと》や、その力の由来を知ることには興味がない。肝心《かんじん》なのは、その力を使って、これまでもお二人はいくつもの犯罪を解決してこられたということです」

「まあ、そちらのご指摘の通りだとして、一体どんな事件を調べろとおっしゃるのですかな？」

と、クロロックが言うと、竹ノ原は、口もとに笑みを浮かべて、

「どうぞこちらに」

と立ち上がった。

邸内の客間——というのか、静かな一部屋に、エリカたちはいた。しかし、涼子《りょうこ》や虎ノ介《とらのすけ》、エリカの友達二人は、広い居間で、スイーツを食べていたのである。

エリカとしては、

「殺人事件よりスイーツの方がいい！」

というのが本音だったが、ここは素直に竹ノ原について行くしかなかった。

広い廊下《ろうか》の突き当たりに、両開きの重々しい扉があった。

竹ノ原は上着のポケットから取り出した鍵《かぎ》で、その扉を開けた。

「ここは私だけしか入れません」

と、竹ノ原は扉を押さえて、

「どうぞ中へ」

と促した。

エリカとクロロックが、その暗い部屋へ入って行くと、照明が一気に点いた。センサーがあるのだろう。

「ほう、これは……」

と、クロロックが声を上げた。

そこはまるで美術館の中で、広い幅のある、奥行は何十メートルあるか、見当もつかない部屋だった。

そして両側の壁には、大きな油絵がズラリと並んでいた。

「これは大したコレクションだ」

と、少し歩いて、クロロックが感心した様子で、

「セザンヌ、ロートレックにルノワール……。どれも紛《まぎ》れもなく本物ですな」

「分かっていただけて嬉しい」

と、竹ノ原が言った。

「仕事で世界を飛び回っているころ、機会を見付けては、手に入れたものです」

しかし、この名画たちと殺人事件に何の関係が？　エリカは首をかしげたが……。

ひときわ大きな肖像画があった。

ヨーロッパのどこかの宮殿で描かれたのかと思える、豪華な背景。

そして、フワッと広がった、昔風のドレスを着た女。——それは黒髪と黒い瞳の、どう見ても日本人の、おそらく二十七、八くらいの美しい女性だった。

クロロックはその肖像画の前で足を止めると、

「竹ノ原さんにとって、この絵は特別な意味がおありですな？」

と訊いた。

「よくお分かりですね。さすがはクロロックさんだ」

と、竹ノ原は言った。

「いや、それは特別な能力がなくても分かりますぞ」

と、クロロックは言った。

「照明の当たり具合といい、絵の床からの高さといい、他の絵と比べても、最も条件の良い位置にありますからな」

「なるほど。おっしゃる通りかもしれません。意識してそうしたわけではないのですが」

「この絵の美しい女性は――」

「お察しかもしれませんが、私の妻です」

竹ノ原の言葉に、エリカはちょっと意外に思って、

「竹ノ原さんはずっと独身でいらしたと聞いていましたが」

「引退するまではね」

と、竹ノ原が肯《うなず》く。

「ではその後に結婚されたのですか？」

「その通り。――というより、彼女を知ったので、引退しようと思ったと言うのが正しいかもしれません」

竹ノ原は、じっとその肖像画に見入っていたが、やがてクロロックとエリカの方

を向いて言った。

「妻の名は美月《みつき》。この絵が描かれたときは二十八才でした」

そして、付け加えて言った。

「クロロックさんには、美月を殺した犯人を見付けていただきたい」

少し間があって、クロロックが言った。

「大分年齢の離れた奥様だったのですな」

「ええ。結婚したとき、私は六十。美月は十八才でした」

十八才と六十才？　エリカもさすがにびっくりしたが、まあクロロックと涼子だって似たようなものだ。もっとも涼子は殺されていないが。

「では、結婚して十年ほどは一緒に暮らしておられたのですな」

と、クロロックが訊く。

「そうです。金はいくらでもあった。二人で世界中を旅して回りました」

金が「いくらでもあった」って……。一度言ってみたいわ、とエリカは思った。

「そして、この絵が描かれた直後、美月は何者かに殺害されたのです」

と、竹ノ原は言った。

そこへ、静かな足音が聞こえた。

「——何だ」

と、竹ノ原は振り向いて、

「呼んでいないぞ」

「呼ばれる予感がしまして」

ちょっと小太りな、スーツ姿の女性が立っていた。

「予感は当たっていないぞ」

「妙ですね。でも、私の顔を見たら、呼びたくなったでしょう」

竹ノ原は笑って、

「お前にはかなわん。——クロロックさん、これは私が〈竹ノ原貿易〉の社長をつとめていたときからの秘書で、松田百合《まつだゆり》といいます」

「お見知りおきを」

と、ちょっとオーバーに一礼する。

「失礼ながら、クロロック様」

「何ですかな？」

「奥様が、『主人はきっと若い女と散歩してるんだわ。捜して来てちょうだい！』と私にお申しつけになりました。お戻りになられた方がよろしいかと存じますが」

「涼子が？　やれやれ。──竹ノ原さん、我が家庭平和のために、戻らせていただいてもよろしいかな？」

「どうぞ。私も、客たちにクロロックさんをご紹介したい」

松田百合を含めた四人は、この画廊を両開きの扉へと戻って行った。

✤ 殺しの計算式

「何とかしてよ！」

と、ほとんど泣き声に近い声を上げたのは、十七、八の若者で……。

しかし、そこには全《まった》く「若さ」が感じられなかった。

「ここ、スマホがつながらないんだ！　そんなことってある？　畜生《ちくしょう》！」

悪態をついている。

「何しろ絶海の孤島ですから」

おっとりした口調で言ったのは、白い上着に、目をひく真っ赤なネクタイという派手なスタイルの男。

「そんなこと、分かってる」

と、若者の方は面白くなさそうに、

「僕はね、いつも友達とつながってないと落ちつかないんだ」

と言い返した。

「敦士《あつし》、よしなさい」

と、母親がたしなめる。「すてきなお屋敷じゃないの」

「だだっ広いだけじゃないか」

と、敦士は顔をしかめて、

「いくら広くったって、恋人の一人もいないんじゃ、意味ないよ」

「どうやら、何でも言うことを聞いてくれるご両親の下で育ったようですな」

と、白い上着の男が冷やかすように言った。

「大きなお世話だ」

と、敦士が言った。

「売れない役者は、スマホが通じなくたって一向に困らないんだろうけどね」

言われた白い上着の男が、一瞬表情をこわばらせた。しかし、すぐおっとりした風に戻って、

「私は十代からこの世界でやって来ました。甘やかして育ててくれる両親に恵まれませんでしたので、自分一人の力で生きて来たのですよ」

「だからどうだって言うんだ？　大体、竹ノ原《たけのはら》家と縁もゆかりもない役者が、何しに来てるんだよ？」

「それは私にも分かりませんね」

と、「売れない役者」加東始《かとうはじめ》は言った。

「しかし、何か仕事があるんでしょう。そうでなければ、竹ノ原様が私をお呼びにはならないでしょうからね」

「我々も何も聞かされていない」

と、敦士の父親、本村昭治《もとむらしょうじ》が言って、薄くなった頭へ手をやった。

「あら、決まってるじゃないの」

と、妻のかすみが言った。

「竹ノ原さんも、もうお年令《とし》よ。自分がいなくなった後のことを考えて、私たちを呼んだのよ」

「だけど、まだ七十と少しだろ」

と、息子が肩をすくめて、

「当分生きてるんじゃねえの」

「敦士。竹ノ原さんに聞かれたら――」

と、かすみが言いかけたとき、

「――お待たせした」

突然、竹ノ原貴一《きいち》が、広間の入口に立っていた。

一瞬、気まずい空気が流れたが、本村かすみがパッと立ち上がって、満面の笑みを浮かべた。

「どうも、一家でお招きいただいて、ありがとうございます！　みんな楽しみにして参りましたわ。少しもお変わりになりませんね。いつもお若くていらっしゃる」

本村昭治は、妻ほど滑らかにお世辞《せじ》が言えない。

「いや、妻を亡くすとは、こんなに寂しいものだとは思ってもみなかったよ」

そう言うと、竹ノ原はゆっくりとソファに身を沈めた。

もちろん、今の敦士の言葉を聞いているはずだが、竹ノ原はそんな様子は少しも見せずに、

「わざわざ、こんな人の住めない島に来てくれてありがとう」

と言った。

そして敦士の方を見て、

「ここはスマホも使えないが、辛抱《しんぼう》してくれたまえ」

聞こえてたんだ、と敦士はふくれっつらになってそっぽを向いた。

「竹ノ原さん」

と、本村昭治が、ちょっと咳払《せきばら》いして、

「私も、このところ体調があまりすぐれなくて……。もしご用がおありなら、早々にすませて帰りたいのですがね……」

「あなた、来たばかりなのに――」

「帰れるとも。私の用がすめば」

と、竹ノ原が言った。

「それで、ご用というのは……」

「簡単だ」

と、竹ノ原はアッサリと、

「妻を殺した犯人を見付けることだ」

数秒の沈黙があって、

「――まあ、そんなとんでもないことを！」

と、かすみが言った。

「美月《みつき》さんが若くて亡くなったのは、本当にお気の毒なことでしたわ。でも、あれは事故で、警察もそう結論を――」

「それが、最近になって、新たな事実が出て来たのだ」

「どんなことです？」

と、本村が訊く。

「他の客がやって来てから話そう」

「我々のほかにも誰か？」

「ああ。ちょうど今ボートが島に着いたところだ。あと数分で、ここへやって来る」

竹ノ原の言葉に、役者の加東が、

「私はどういう役割なのでしょうか」

と言った。

「ああ、悪かったね。何の役かも言わずに君を雇って」

「いえ、私は役者ですから、仕事があれば駆けつけます。竹ノ原さんとは、一度だけパーティで……」

「そうだった。私の引退のパーティのとき、君は私の物真似《ものまね》をした」

「後でお叱《しか》りを受けるかと冷や汗をかきました」

「いや、あれはすばらしかった。ことに、後ろ姿で寛《くつろ》いでいるところは、妻の美月も見間違えるほどだった」

「恐れ入ります」

「今回の君の役は、〈殺人犯〉だ」

そう聞いて、加東が絶句する。竹ノ原は続けて、

「つまり、本当の犯人が見付かるまでの、仮の犯人という役だ」

「そう伺《うかが》ってホッとしました」

と、加東は息をついた。

「では、先に今回捜査に当たってくれる探偵をご紹介しよう。――クロロックさん、

どうぞ」

広間へと、クロロックが入って来ると、みんなが唖然《あぜん》として眺めた。

そして――さらに、エリカ、虎ノ介《とらのすけ》を抱っこした涼子《りようこ》、大月千代子《おおつきちよこ》、橋口《はしぐち》みどりと、ゾロゾロ入って来ると、みんな、正にポカンと口を開けているばかりだった……。

「これはこれは」

と、広間へ入って来ると、風変わりなコートに長髪の男が言った。

「にぎやかなことで」

「あなたは確か、歌手の――」

と、加東が言いかけると、

「ミュージシャンと呼んで下さい」

と、長髪の男は訂正して、

「大沼達《おおぬまさとし》です」

そして、目のさめるような、真っ赤なコートをはおった女は、広間の中を見渡して、

「ユニークな方たちが揃《そろ》っておいでね」

と言った。

「あら、あなた、ファッションデザイナーの……」

と、かすみが言いかけて、名前が出て来なかった。

「神林弓江《かんばやしゆみえ》です、よろしく」

「ああ、そうだったわ！　確か、亡くなった美月さんの服をデザインされてた」

「そうです。――竹ノ原さん、ごぶさたして」

「よく来て下さった」

と、竹ノ原が言った。

そして、もう一人は、頭の大分薄くなった男で、ジャンパーを着込んで、芸術家

風に見えた。

「演出家の森哲次《もりてつじ》君だ」

と、竹ノ原が言って、客たちを見渡すと、

「これで全員揃ったな」

と、満足げに言った。

「これはどういう集まりなんですか？」

と、ミュージシャンの大沼が言った。

「それは、夕食の席で、改めて話そう」

と、竹ノ原は言った。

「そろそろ仕度《したく》ができるころだ」

「待って下さいよ」

と言ったのは、演出家の森だった。

「もしかして……。この顔ぶれは、あのときと同じじゃありませんか？　竹ノ原さんの奥様が亡くなった……」

「その通り」

「あのときの客が顔を揃えてる。——知らない人もいますがね」

と、森はクロロックたちを見て言った。

「では、この顔ぶれで、何かイベントを？」

「さすがに察しがいい」

と、竹ノ原は微笑《ほほえ》んで、

「妻が死んだ、あの夜を、再現したいと思っているのだよ」

と言った。

「——まあ」

と、ファッションデザイナーの神林弓江が、ややずれたタイミングで、目を見開いて、

「どうしてまた、そんなことを？」

と言った。

そのとき、広間の入口から、

「お食事の用意ができました」

と、声がした。

外国映画に出てくる執事のようなスタイルの中年男が、うやうやしく言ったのである。

「この屋敷の仕事を任せている佐藤《さとう》だ」

と、竹ノ原は言った。

「料理を作ってくれているのは、彼の妻。この二人も、あの夜の出演者だった」

そして、立ち上がると、

「では、皆さん、ダイニングルームへと席を移そう」

と言ったのだった……。

✤ 副業禁止

「おかしくなってるのよ！」

と、本村《もとむら》かすみはヒステリックな声を上げた。

「だけど、お前——」

「まともじゃないわ。あのときのパーティの客を集めて、〈再現〉するだなんて！」

と、かすみは苛々《いらいら》と客室の中を歩き回った。

「しかし、竹ノ原《たけのはら》さんは至ってしっかりしてるじゃないか」

と、本村昭治《しょうじ》は言って、

「大体、美月《みつき》さんを殺しちゃいないんだ。何も心配することはないさ」

「分かるもんですか。あの変なドラキュラのできそこないみたいなのに調べさせるなんて、ふざけてるわ。親戚《しんせき》の私たちを差し置いて」

そう言ってから、かすみは初めて思い出したように、

「そういえば、あなた、体の具合が良くないの？」

「何だよ、今ごろ」

と、本村は苦笑して、

「いつもの通りさ。腰痛や胃もたれ、疲労……」

「俺も疲労だな」

と、ソファにだらしなく寝そべっている敦士《あつし》が言った。

「何もしてないのに、どうして疲れるのよ？」

と、かすみが息子をにらむ。

「大学を休むってのも、結構疲れんだぜ。パソコンで連絡しなきゃならないし」

「勝手に言ってなさい」

と、かすみは相手にせず、

「困ったもんだわ、全《まった》く」

と、呟《つぶや》くように言った。

そう。――あの夜、竹ノ原美月は上機嫌だった。

若くて、美しくて、そして金持ちと来ている。

そりゃあ、上機嫌にもなるわよね！

「――だけど」

と、敦士が言った。

「本当に殺されたのかい、あの女？」

車のブレーキに細工《さいく》がしてあった……。

そんなことができるのは、車について詳しい人間だろう。

あの夜の出席者の中じゃ……。

「大沼《おおぬま》ってのが怪しいわね」

と、かすみは言った。

「あのミュージシャンか？　どうして怪しいんだ？」

と、本村が訊いた。

「もちろん、お金よ」

と、かすみはアッサリと言って、

「売れないミュージシャンなんて、どうにもならないでしょ」

「そんなこと言や、金がなくちゃ誰だってどうにもならないさ」

と、本村が苦笑して言った。

そして、ふっと天井へ目をやると、

「本当に殺されたのかな、美月さんは……」

と呟いた。

竹ノ原貴一《きいち》、七十才の祝い。

——それは二年前のことだった。

妻、美月は二十八才になっていた。

この島の屋敷も完成し、ちょっとしたパーティを開く。

竹ノ原は、美月の希望で、いつも服のデザインをしてくれている神林弓江《かんばやしゆみえ》と、ミュージシャンの大沼達《さとし》を招《よ》ぶことにした。

大沼は、まだマイナーな存在だったが、ちょうど半年前に出た新曲を、美月はとても気に入っていた。

竹ノ原は、演出家の森哲次《もりてつじ》を招んだ。

〈竹ノ原貿易〉のイベントで、何度か演出を任せていて、顔見知りだった。

そして——竹ノ原の数少ない親戚・本村の親子。

「しかし——」

と、クロロックは、

「話を邪魔して申し訳ない。——奥さんは車の事故で亡くなったと？　いや、もしかしたら事故でなかったとして、この島の中で、車の事故？」

「それは、明日になればお分かりになる」

と、竹ノ原は言った。

「美月は車の運転が好きだった。しかし、私は美月に運転させたくなかったのだ」

「というと？」

「簡単だ。スピード狂でね、美月は」

「なるほど」

「しかし、結婚して十年。もう二十八になっていた。そろそろ落ちついてきたことだろうと思った」

――クロロックとエリカは、他の客が各部屋へ引き上げた後、客間の一つに移って、竹ノ原の話を聞いていた。

一体、ここ、いくつ部屋があるんだろ、とエリカは内心呟いた。

〈召使〉の佐藤《さとう》が、ワゴンを押して来た。三人に紅茶を出すと、

「家内の手作りのクッキーでございます」

「ありがとう。食事は大変結構だったと奥さんに伝えてくれ」

「ありがとうございます」

一礼して、退がって行く。

「——あの人も、居合わせたのですね」

と、エリカが訊く。

「夫婦でね。もちろん、あの二人が美月を殺したとは思わないが」

「しかし、佐藤一郎《いちろう》？　本名ですかな？」

と、クロロックが訊く。

「違うのですよ。私が雇うとき、そういう名に決めていてね」

と、竹ノ原は言った。

「人が代わる度《たび》に、いちいち名前を憶えていられない。それで、〈佐藤一郎〉と〈和子《かずこ》〉と決めている。今の二人で——四代目かな」

「なるほど」

いかにもお金持ちらしい発想だとエリカは思った。

「車のブレーキに細工してあったと言われたが……」

「そうです」

「事故のときはそれが分からなかったのかな？」

「さよう。二年前には、私も美月が事故で死んだと思っていた。ところが……」

と、竹ノ原は眉《まゆ》を寄せて、

「半年ほど前、ある男が殺された。犯人も、殺害の動機も不明と報じられたが、私はその名前に、見覚えがあった。美月の事故死を調べた鑑定人だったのだ」

「つまり……」

「調べてみると、その男は美月の事故について調査したすぐ後に、どこから金が入ったのか、自宅を建て直していた。その後も、周囲がいぶかるような暮しをしていたのだ」

「誰かが口止め料を払っていたと？」

「そう思われる。そして、これ以上は出せないと思った犯人が、その男を殺したのではないかと」

「なるほど。――それで分かりました」

と、クロロックは肯《うなず》いて、

「あなたの単なる直感ではなかったのですな」

「そのときの客の中に犯人がいるとして……」

と、エリカが続けて、

「でも、心配じゃないんですか？　ここへ招んで、もし犯人があなたを殺したら、と……」

「むろん、それを期待しているのだ」

「期待？」

「今夜、私の命を狙う者があるかもしれない」

と、竹ノ原はちょっと楽しげに言った。

「なるほど」

と、クロロックは肯いて、

「そこまで覚悟を決めておられるのですな」

「もちろん、死にたいわけではない。少なくとも、犯人が捕まえられるか死ぬところを見届けてからでないと、死ねないな」

「では、私と娘で、監視をしましょう。そのためにここへ招かれたのですな」

「むろん、あなたと娘さんには、後で報酬《ほうしゅう》を払う。いくらでも、好きなように言ってくれ」

「まだ仕事をしていませんぞ」

と、クロロックは言って、

「それに、わが〈クロロック商会〉は、社員の副業を禁じておりましてな。社長の私がその決まりを破るわけにはいかない」

「なるほど。律儀《りちぎ》な方だ」

「長生きするには、自分を律することができなくてはなりません」

と、クロロックは言った……。


エリカは、静かな廊下《ろうか》をそっと見渡した。

廊下はかなりの幅があり、壁には絵画も飾られている。

その絵を挟むように、分厚いカーテンが下がっている。むろん、窓や戸があるわけではなく飾りである。

エリカは、そのカーテンのかげに身を潜めた。

まず今夜はエリカが見張りに立つことにしたのだ。

もし、本当に客の一人が竹ノ原の妻を殺したとしても、まだ何一つ証拠らしいものも見ていない。

今夜竹ノ原を狙うとは考えにくい。

しかし――これも「アルバイト」だ。
クロロックと違って、エリカは「副業禁止」されているわけではないのだから……。

✤ハイウェイ

「え……」

と、思わず声を上げたのは、エリカと二人の友達だった。

クロロックはさすがに驚いても声は上げなかったが、

「これは大したものだ」

と、腕組みして言った。

目の前には、みごとなハイウェイが長いトンネルの中を続いていたのである。

「これ、ずっと……」

と、エリカが訊くと、竹ノ原《たけのはら》は得意げに、

「ここはトンネルの中だが、カーブの先は表に出るようになっている」

と言った。

「そして、島全体を一周して、ここへ戻る」

「凄《すご》い!」

と、大月千代子《おおつきちよこ》が目を丸くしている。

確かに、こんな道路を造ってしまうというのは普通じゃない、とエリカは思った。

「しかし……私がここまでやらなければ、美月《みつき》は死なずにすんだかもしれない」

と、竹ノ原はやや沈んだ口調で言った。

「一回りしてみたいものですな」

と、クロロックが言うと、

「ああ、もちろんですとも」

と、竹ノ原は振り返って、

「百合《ゆり》、車を」

秘書の松田《まつだ》百合はそこにいなかったのだが……。

すると、どこから現れたのか、ワゴン車が一台、クロロックたちの前に進み出て来て、運転席に松田百合の姿があった。

――クロロックたちと竹ノ原を乗せて、車は滑らかに走り出した。

ゆるやかにカーブすると、トンネルから出て、青い海原《うなばら》が広がった。

ここまで来ると、笑ってしまいそうになる。

お金持ちのやることって……。

「――これで、ほぼ島の半分です」

と、竹ノ原は言った。

そのとき――不意に車が左右へ蛇行《だこう》した。

「百合、どうした?」

「ハンドルが――。おかしいです!」

「まさか……」

ゆうべの内に細工したのだろうか？

「ブレーキも効きません！」

「落ちつきなさい」

と、クロロックが言った。

「エリカ、出番だ」

「うん」

クロロックが車のドアを開けると、身をのり出した。

「危ないです！」

と、百合が叫んだ。

「心配するな」

クロロックがエリカへ、

「いいか？」

「大丈夫」

クロロックとエリカが、左右のドアから身をのり出し、一気に、タイヤへ力をかける。タイヤが煙を上げて、路面に押しつけられた。スピードが落ち、ノロノロと歩くほどになって、

「みんな、降りて!」

と、エリカが言った。

全員が車から飛ぶようにして降りると、クロロックとエリカが呼吸を合わせて、左右へ飛んだ。

車は一気にスピードを上げて、道の内側のガードレールにぶつかって停まった。

「――いや、大したものだ」

と、竹ノ原は息をついて、

「お招きしたかいがありましたな」

「しかし、車に細工できる者があの中にいるのか……」

クロロックは首をかしげた。

「お父さん――」

「いや、ブレーキやハンドルに細工するのは、そう簡単なことではない」

「それは確かに」

と、竹ノ原が肯いた。

「しかし、今はともかく、歩いて屋敷へ戻らなくては」

と、クロロックは言った。

竹ノ原とクロロックたちが、屋敷の正面玄関から入って行くと、

と、佐藤《さとう》がびっくりしたように出迎えた。

「歩いてお戻りに?」

「ちょっと散歩したくなってな」

と、竹ノ原は言って、

「朝食の仕度《したく》は?」

「もちろん、できております」

「やった！」

と、声を上げたのは、もちろんみどりである。

そのまま食堂へ入って行くと、

「あら、あなた、どこへ行ってたの？」

と、虎《とら》ちゃんと一緒に朝食をとっていた涼子《りょうこ》が言った。

「遅れて失礼」

と、竹ノ原が席につく。

クロロックたちもテーブルについて、朝食になったのだが……。

「一人見えないね」

と、千代子が言った。

「あ、本当だ」

と、エリカはテーブルを眺めて、

「ミュージシャンの……」

「大沼《おおぬま》さんね」

と言ったのは、本村《もとむら》かすみだった。

「芸術家は、朝きちんと起きたりしないものでしょ」

「お起こしして参りますか」

と、佐藤が訊く。

「そうだな。後の予定がある」

と、竹ノ原が肯き、佐藤は足早に出て行った。

「今日はどんなご予定ですの？」

と、ファッションデザイナーの神林弓江《かんばやしゆみえ》が言った。

「それは説明した通り、あの日の再現だ」

と、竹ノ原は言って、

「この朝食の席から、すでに始まっていると思って下さい」

と、客たちを見渡した。

「俺、こんなに早く起きてなかったと思うけど」

と、本村敦士《あつし》が不機嫌そうに言った。

「おい」

と、父親がチラッと敦士をにらんだ。

「私の出番はありそうですか？」

と、役者の加東《かとう》が言った。

「そこは成り行き次第です」

と、竹ノ原が穏やかに言った。

「いいお天気のようですわね」

と、かすみが言った。

「そうですな。あの日もよく晴れていた」

と、竹ノ原が肯く。

クロロックとエリカは並んで座っていたが、

「お父さん、コーヒーにミルクは？」

「ああ、もらおう」

二人は目を見かわして、小さく肯いた。

もし、あのワゴン車に細工した人間がいれば、全員が無事に現れたことで、意外そうな表情を見せるかもしれない、と思って、二人は全員の様子を注意して見ていたのである。

しかし、それとはっきり分かるような反応を見せた者はいなかった。

もちろん、騒ぎになっていなかったことで、細工が失敗したと察していたのかもしれないが。

そこへ、佐藤が戻って来ると、

「旦那様《だんなさま》」

と、やや緊張した面持《おもも》ちで言った。

「どうした？　具合でも悪いのか」

「大沼様ですが——亡くなっておられます」

と、佐藤は言った。


「私は医者ではないが」

と、クロロックが言った。

「この人物の死因については、調査の必要がある。警察へ届けるべきでしょうな」

大沼の部屋である。

ベッドで大沼は眠っているかのように目を閉じていた。

「殺人だとでも？」

と、松田百合が目を丸くして、

「まさか、本当の殺人が……」

「殺人には何か理由がありましょう」

と、竹ノ原は言った。

「今日はボートが来られませんよ」

と、百合が言った。

「さっき、倉田《くらた》さんが、海が荒れていて、今日は無理だと……」

「風も強い。ヘリも危ないだろうな」

竹ノ原はそう言って、

「予定通り、計画は進めましょう」

と、クロロックの方を向いて、

「よろしいですな？」

「そのおつもりなら」

と、クロロックは言った。

廊下《ろうか》へ出ると、

「お父さん、大丈夫なの？」

と、エリカが訊いた。

「ああ。心配いらん。涼子や虎ちゃんには害はない」

「そうだろうけど……」

「竹ノ原が何を考えているか、だな」

「どういうこと?」

「つまり、あの日に何があったのか、ということさ」

「車の事故。――細工してあったとしても」

「そうだ。それを検証しようというのだから……」

クロロックは後から出て来た竹ノ原へ、

「問題の車は、今日も登場するのでしょうな」

と訊いた。

「もちろんです」

と、竹ノ原は肯《うなず》いて、

「あなた方には先に見ておいていただきたいですな。――ご案内しよう」

壁の一部がスルスルと開いて、下りの階段が現れた。

下りて行くと、外の風が吹いて来る。

「――これです」

ドアが開くと、真っ赤なポルシェが静かにそこにいた。

「みごとな車だ」

と、クロロックは言って、車の外をグルッと回った。

「誰がこれを運転するんですか？」

と、エリカは訊いた。

「そこは問題で」

と、竹ノ原が肯いて、

「美月は死んでしまっている。といって、他の客に運転させるわけにもいかない。再現になりませんからね」

「それじゃあ……」

と言いかけて、エリカはクロロックの視線を感じると、

「──え？」

と、目を丸くした。

「私が？　私が運転するの？」

「他におらんだろう」

と、クロロックは言って、

「大丈夫だ。ちゃんと細工がされてないように、調べておく」

と、エリカの肩を叩いた。

「でも……私、免許は持ってるけど、こんな車、運転したことないよ」

「お前ならできる！」

とても励《はげ》ましには聞こえなかった……。

✠再現

　海を望む広間に集まった人々は、軽いカクテルなどを飲みながら、無理に会話していた。

「——こんな風にしてたわね、確かに」

　と、本村《もとむら》かすみが言った。

「思い出して来たわ」

「俺は元気だった」

　と、本村昭治《しょうじ》は言った。

「あのころは、仕事も順調だったし……」

「よしてよ、こんな所で、グチなんて」

と、かすみが夫をにらむ。

「いや、誰しも、あの二年前と比較してしまう。そんなものです」

と、演出家の森《もり》が言った。

早いピッチで飲んでいて、すでに少し顔が赤くなっていた。

「本当にね。流行なんて気まぐれよ」

と、こちらもかなり飲んでいるのは、神林弓江《かんばやしゆみえ》で、

「ファッションの世界も、当たれば大きいけど、すぐ『時代遅れ』とか言われるようになるの」

「でも、神林さんのブランドは、デパートとかで、よく見かけますけど」

と、かすみが言うと、

「あれは私のデザインじゃないの。私の所で勉強した助手が、スポンサーにうまく取り入ってね、いつの間にか乗っ取られちゃったのよ」

「まあ、そんなことがあるんですか？」

「ひどい話でしょ？　一応名目上、私がトップってことになってるけど、事実上はその助手の女が取り仕切ってて、私はずっとヒマなの……」

「それでこの島へ？」

　と、敦士《あつし》が訊いた。

「ええ。竹ノ原《たけのはら》さんが私のことを憶えててくださったのが嬉しくてね。でも、成り行きはちょっと違っちゃったけど」

　そこへ、

「皆さん、お待たせした」

　と、竹ノ原が広間へ入って来た。

「竹ノ原さん、確かこんな時間に、美月《みつき》さんに車をプレゼントされたんでは？」

　と、本村が言った。

「そうです。よく憶えておいでで」

「あの車、とても美しかったわ」

と、弓江が言った。

「全《まつた》くです。ではこちらへどうぞ」

竹ノ原が先に立って、広間を出る。

「——凄《すご》い」

と呟《つぶや》いたのは、本村敦士だった。

そこには真っ赤なポルシェが輝くばかりの姿を見せていた。

「誰が運転するんですの?」

と、弓江が訊く。

「私の客、神代《かみしろ》エリカさんです」

「え?　エリカ、大丈夫なの?」

と、千代子《ちよこ》が思わず言った。

「私だって、分かんないわよ」

と、当のエリカが、ジーンズ姿でやって来ると、

「千代子、みどり、私に万一のことがあったら……」

「遺言《ゆいごん》ある？　聞いといてあげるわ」

と、みどりが言った。

「ご親切に」

みんなの見ている前で、エリカは車に乗り込んだ。

エンジンの音が、猛烈な馬力を感じさせる。

「じゃ、行って来ます」

車が、島内ハイウェイへと走り出し、アッという間に見えなくなった。

うーん、さすが！

エリカはレーサーじゃないが、それでもこの車、アクセルを踏み込んだときの、ぐいと加速するパワーが凄い！

スピード出したくなるよね……。

「——エリカ、聞こえるか？」

エリカは、ヘッドホンを付けていて、クロロックと交信できるのである。

「聞こえてるよ」

「どうだ、乗り心地は？」

「最高！　ね、一台買って！」

「宝くじに当たったらな」

と、クロロックは吸血鬼らしからぬことを言って、

「もう少し行くと、道が外へ出るだろう」

「うん。——あ、今、出たよ。見晴らしがいいね！」

ゆるやかなカーブで島の外周を巡って行く。

「いいか、問題の事故が起こったのは、その先だ。前方が開けて、ほぼ直線の道路になる」

「分かった。気を付けるよ」

少し急なカーブにさしかかるが、スピードを落として安全に曲がった。

何といっても、そう大きな島ではない。一周しても大した距離ではないだろう。

両側に岸壁が迫る道を抜けると――。

「わあ！」

と、思わずエリカは声を上げた。

真っ直ぐな道が目の前に白く伸びている。そして片側は大海原《おおうなばら》。

ほとんど無意識にアクセルを踏み込んでしまう。エンジンが唸《うな》りを上げて、車は風を切った。

「お父さん！　気持ちいいよ！」

と、スピーカーから、エリカの興奮気味の声が聞こえてくる。

「用心しろよ！」

と、クロロックがマイクに向かって言った。

「平気平気！　――病《や》みつきになりそうだ！」

と言った次の瞬間、

「ハンドルがきかない！　お父さん、ブレーキが――」

というエリカの叫び声がした。

そして――一瞬の間の後、何かが激しくぶつかる音がして、通信が途切れた。

「エリカ……」

と、千代子が青くなった。

「大変だ。ともかく現場へ行ってみよう」

と、竹ノ原が言った。

マイクロバスが倉田《くらた》の運転で現れた。

「一体何台車があるんだ？」

と、本村敦士が呆《あき》れたように言った。

マイクロバスが、ハイウェイを辿《たど》って行く。

「大丈夫よ」

と、呑気《のんき》なのは虎《とら》ちゃんを抱っこした涼子《りょうこ》である。

「エリカさんは死なないわ。悪運が強いもの」

こんなところでも、エリカを邪魔にしている涼子だった……。

「あれだ」

と、運転していた倉田が言って、

「でも……車は何とも……」

真っ直ぐな道の半ばに、ポルシェが停まっていた。しかし、道の端へ寄せてはいるが、壊れてはいない。

マイクロバスを停めると、みんなが降りて、ポルシェの周りに集まる。——中は空《から》だった。

「どうなってるんだ?」

と、本村が言った。

「どうにも」

と、声がした。

エリカが、道の傍の岩の上に腰かけていた。

「ほらね」

と、涼子が言った。

「エリカさんが死ぬわけないわよ」

「どうなってるんです？」

と、加東《かとう》が言った。

「前もって、エリカに言ってあった」

と、クロロックが言った。

「スピードを出したくなる所にさしかかったら、思い切りゆっくり走れ、と」

「で、ノロノロと歩くぐらいのスピードにしたんですよ」

と、エリカは言って、

「クラッシュ音は予め《あらかじ》用意しておいた録音を使ってね」

「クロロックさん、これは……」

「竹ノ原さん。美月さんが事故を起こしたのはこの辺ですな？」

「そうです。そこのガードレールを突き破り、岩を飛び越えて、海へ車ごと落ちたのです」

「車に細工《さいく》するのは大変難しい」

と、クロロックは言った。

「昔の車のように、メカニックな車なら、容易かもしれないが、今の車は電子部品の塊《かたまり》だから、ドライバー一本で細工することはできない」

「というと……」

「私は考えたのです」

と、クロロックは、ちょっと名探偵を気取った様子で、

「車に細工できなければどうするか？　道路に細工すればいいのでは？」

「さよう。一見、道路の表面とそっくりなシートを道に貼っておく。車が上を通ると、滑りやすい油がそのシートと道の間に塗ってあり、車は猛スピードでそのシートを巻き込むようにして道から飛び出す」

「道路に？」

「それがどこに……」

「我々がこの車の周囲に集まっている間に、その男はこっそりシートをはがして、マイクロバスの床下に押し込んだのです」

クロロックは、マイクロバスのそばに立っている倉田へと目をやって、

「こんなことができるのは、年中この島へやって来ている人間しかいない。たまま招待されて来た客にはとても無理な話です」

「倉田……」

竹ノ原は、青ざめている倉田をじっとにらんで、

「どうしてだ！」

と、声を震わせた。

「僕は……ただ、言われた通りに……」

と、倉田が口ごもる。

「言われた通りだと？　誰に言われたんだ！」

「まあ、それは――」

と、クロロックが言った。

「やはり財産絡みということでしょうな。若い奥さんが、財産のすべてをいずれ手に入れるとなると、多少なりとも分け前にあずかる可能性もなくなってしまうわけです」

本村かすみが、

「あなた……」

と、夫を見て、

「まさか……」

「何度も頼んだんだ」

と、本村は青ざめて、

「ご主人に頼んで下さい、と。ほんのわずかのポケットマネーですむことだった。でも、美月さんは、『お金のことは一切口を出さないので』と言って、はねつけた……」

「何てことを……」

「どうして私に直接言わなかった！」

と、竹ノ原が言った。

「いや……。頼むのに、あるホテルで美月さんと会って……。私はつい、美月さんを抱こうとした。いや、金のためでなく、美月さんの魅力に、フラッとなってしまった。——もちろん、拒《こば》まれたが、このことを竹ノ原さんに言いつけられたらどうしよう、と恐ろしくなって……。倉田のことは以前から知っていたので、何とかならないかと……」

本村はうずくまってしまった。

「美月は何も言わなかった」

と、竹ノ原はため息をつくと、

「そんなことで、美月を殺したのか?」

「殺すつもりは……。ただ、事故が起こればいいと思っただけで……」

「当日、ポルシェでここを走ることも、倉田は知っていたのだな」

と、クロロックは言った。

「竹ノ原さん、この先どうするかは、あなたが決めなさい。どこまで殺意を立証できるか、難しいかもしれんが」

「ありがとう」

と、竹ノ原は肯《うなず》いて、

「ともかく、罪は償《つぐな》わせます」

と言った。

そのとき、

「俺の知ったことじゃない！」

と叫んで、倉田がマイクロバスへと駆け出したのである。

だが——倉田が車のドアを開けるより早く、倉田に追いついたのは、加東だった。

「待て！」

と、後ろから倉田につかみかかると、拳を固めて、倉田をノックアウトした。

「——おみごと」

と、クロロックが拍手すると、加東は息をついて、

「良かった。このままじゃ、せっかく雇われたのに、出番なしで終わるところでしたよ」

と言った。

「充分に活躍してくれた」

と、竹ノ原は加東の肩を叩くと、

「知人のプロデューサーに話して、ちゃんとした役を回してもらうようにしよう」

「ありがとうございます！」

――少し間があって、

「戻るのに、誰がマイクロバス、運転するの？」

と、涼子が言った。


「大沼《おおぬま》さんはどうなったの？」

と、千代子が訊いた。

大学のキャンパスである。

あの「島」から帰って一週間たっていた。

「心臓発作《ほっさ》だって」

と、エリカは言った。

「もともと、悪かったみたいよ」

「ミュージシャンって、やっぱり不健康なのかな」

「人によるでしょ」

と、エリカは肩をすくめて、

「それより、今日辺り届くはずなんだけどな……」

「何か買ったの？」

「そうじゃない。あの竹ノ原さんが、お父さんと私に、お礼したいって言って」

「何くれるの？　肉マンとか？」

と、みどりが言った。

「まさか！」

と、エリカは言ってから、ベンチからパッと立ち上がって、目を輝かせると、

「来た！」

と叫んだ。

キャンパスの中へ颯爽《さっそう》と入って来たのは、あの島でエリカが運転した、真っ赤な

ポルシェだった……。

吸血鬼と呪いの森

✱緑のマイホーム

「空気が違うわね！」

と、車を降りて、ママが言った。

そしてめぐみを見て、

「ね？　空気がおいしいでしょ！」

と、ニコニコ笑った。

「うん……」

めぐみは肯《うなず》いた。

この場合、ママの言うことに逆らうなんて考えられない。すでにママの娘として、十三年も生きて来ためぐみは、経験から学んでいた。

上機嫌なときのママに、反対したり、冷やかすようなことを言ったらどうなるか。

家庭平和のためには、決してそんなまねをしてはいけないのだ。

でも――正直に言えば、めぐみは別に空気を吸っても「おいしい」とは思わなかった。いや、「空気がおいしい」とはどういうことなのか、分かっていなかったと言うべきだろう。

「空が高いじゃないか」

と、車をガレージに入れて出て来たパパも、わけの分からないことを言い出した。

空はいつだって「高い」に決まってる。今まで住んでた団地だって、空はずっと高くて、どう手を伸ばしても届かなかった。

でも――ここはやはりパパの言うことに合わせて、

「うん、本当だね」

と、めぐみは言ったのである。

「もう荷物も入ってるぞ」

と、パパが言った。

「そうそう！　段ボールの山と格闘しなきゃ！」

ママは腕まくりでもしそうだった。

もちろん――めぐみも、もう中学一年生だ。パパとママの嬉しい気持ちを理解できないわけではなかった。

めぐみだって、生まれてからつい昨日まで――いや、正しくは今日車で出て来るときまで暮らしていた団地の２ＤＫが、狭くて何かと不便だったことは分かっている。

ママが、もう何年も前から、

「広い家に引越しましょうよ」

と、パパにせがんでいるのも知っていた。

それはときに「せがむ」というより「おどす」といった方が正確だった。

でも、ともかく今、めぐみの一家は、二階建ての新しい家を手に入れた。そして今日引越して来たのだ。

「さあ、入りましょう！」

と、ママは飛びはねるような勢いで、格子《こうし》の門を開け、玄関へと駆けて行った。

むろん、めぐみだって、今までの、六畳間《じょうま》をカーテンで仕切っただけの小さな自分の空間ではなく、「自分の部屋」が持てるのは嬉しかった。

パパも、小さいけど一人でいられる部屋をもらえることになって、満足しているようだった。

「さ、鍵《かぎ》をあけるぞ」

と、パパがキーホルダーを取り出したが、

「私があけるわ！」

パッと取り上げて、ママが玄関の鍵をカチャリと回した。

仲村和彦《なかむらかずひこ》と智子《ともこ》、そしてめぐみの三人家族は、新たな「マイホーム」に足を踏み入れたのである。

「ほら！　本棚《ほんだな》はこっち向きの方が使いやすいでしょ！」

ママに言われたが、めぐみは、

「好きにさせてよ。ここ、私の部屋なんでしょ？」

と、思い切って抵抗してみた。

ママはちょっと不服そうだったが、ともかく今日は気が大きくなっていて、

「それもそうね。じゃ、好きになさい」

と言ってくれた。

正直、ママと新しい部屋でケンカするのはいやだったので、めぐみはホッとした。

「——片付いたら、ベランダに出てごらんなさい」

と、ママは言った。

「分かった」

しかし、「片付いたら」と言っておいて、ママはすぐにめぐみの部屋からベランダに出る戸をガラッと開け、

「ほら！　すてきでしょう！」

そう言われたら、めぐみもベランダに出ないわけにいかない。

ベランダからは、緑の森が見えた。いい眺め、と言えば確かにそうだ。

「やあ、どうだ」

と、パパもやって来て、親子三人、ベランダから外を見るという、ＣＭみたいな光景になった。

「――ね、あなた」

と、ママがちょっとけげんな顔で、

「あの森、もう少し離れてなかった？」

「森が？　そうか？」

「何だか……。前見たときは、もう少し遠かったような気がしたんだけど」

「そうだったかな」

と、パパは首をかしげて、

「そんな気がするのさ。まさか森の方で近付いちゃ来ないだろ」

「それはそうね」

と、ママも笑って、

「さあ、急いで片付けないと！　夜になっちゃうわ。晩ご飯、どうする？」

「駅前にショッピングモールがあったろ？　食べに出ようじゃないか」

めぐみも異議はなかった。

こうして、新しい「わが家」での日々が始まったのである。

そして——約二か月が過ぎた。

✠ 悪夢の始まり

「外の見える席はいや！」

という女の子の声に、神代《かみしろ》エリカは顔を上げた。

女の子を席に案内しようとしていたウエイトレスは当惑した様子で、

「でも、お庭がよく見えて、とても人気のあるお席なんですよ」

「庭なんか見たくない！　見えない席がいいの！」

女の子は、ほとんどむきになっている。

「めぐみちゃん？」

と、エリカは声をかけた。

「仲村《なかむら》めぐみちゃんでしょ」

　女の子は振り向くと、

「あ……。エリカ先生」

「やっぱり。何だかぐっと背が伸びてない？　一人なの？」

「あの……ここでママと待ち合わせてるんですけど、早く着いちゃったので……」

「じゃ、良かったら一緒に。お母様がみえるまででも」

「いいですか？」

と、めぐみは少しホッとしたように、エリカのテーブルについた。

　神代エリカは、仲村めぐみが私立中学を受験するというので、小学六年生のときに家庭教師を半年ほどしていた。

　その成果かどうか、めぐみは中学に合格して、エリカの役目も終わったのだが……。

「――お引越ししたって、ハガキもらったわね、確か」

と、エリカは言った。

「ええ……。二階建ての一軒家です」

「じゃ、大分広くなったんでしょ？」

と、エリカはコーヒーを飲みながら、

「いつも、自分の部屋が欲しいって言ってたもんね」

「ええ……」

仲村めぐみは、バニラのアイスクリームを頼んで、おいしそうに半分ほど食べたが——。

「どうしたの、めぐみちゃん？　何だか浮かない顔ね」

と、エリカが訊いた。

「ちょっと……。わけが分からないんです。私がどうかしてるのかもしれないけど……」

「めぐみちゃん、さっき『外が見える席はいや』だって言ってたわね。そのことと何か関係が？」

めぐみはしばらくためらっていたが、やがて思い切ったように座り直して、

「エリカ先生。聞いてもらえますか？　私、どうかなっちゃいそうなんです」

「いいわよ、もちろん。ただ、その『先生』はやめて。もう終わったことだし」

「じゃ……エリカさん、でいい？」

「もちろんよ。それで――何なの一体？」

めぐみは深々とため息をついて、

「自分でも――こんな馬鹿な話って思うんですけど、でも確かに……」

「言ってみて。絶対に笑ったりしないわ」

「ありがとう、先生。――エリカさん」

そのとき、二人のいるホテルのラウンジに、マントをまとった渋い男性、もちろんフォン・クロロックが入って来た。

「――おお、早かったな」

と、エリカの方へやって来る。

「お父さんが遅いのよ。――めぐみちゃん、これが私の父」

エリカが、クロロックを紹介して、

「父には何でも話して大丈夫よ。私より役に立つかもしれない」

「――何か問題かな？」

と、クロロックが言った。

「ええ。実は……」

と、めぐみがちょっと目を伏せて言った。

「森に殺されそうなんです」


何だか妙だ、とめぐみが思い始めたのは、引越してひと月たったころだった。

ともかく、初めの一か月は、学校のテストもあったりして大変だったし、落ちついてからは、「自分の部屋」を好きなようにする、という決意の下、めぐみは好きなアーティストのポスターを壁に貼ったり、買ってもらった小型のステレオをガンガン鳴らしたり。

何しろ、近所といっても、お隣まで数十メートルもあって、「うるさい」と苦情を言われる心配はなかったのだ。

前の団地では、夜十時を過ぎると、TVの音量にも気をつかわなくてはならなかったので、その点、めぐみはこの新しい家を気に入っていた。

パソコンも新しく買ってもらった。

いつもは、めぐみのすることにいちいちうるさく文句を言っている母の智子《ともこ》も、新しいわが家の「使い勝手」をよくすることに夢中で、ほとんどめぐみに干渉しない。

父親の仲村和彦《かずひこ》は、前の団地に比べると三十分近く通勤に時間がかかるようにはなったが、やはり新しい家の主《あるじ》になったという満足感と、智子のグチをあまり聞かなくてすむことで喜んでいるようだった。

めぐみは、当然のことながら毎夜、ついつい夜ふかしすることになって、それには自分でも「まずいかも」と思っていた。

それで——引越しからほぼひと月たったころから、夜遅くまでネットで遊んだりしないで、早くベッドに入ることにしたのである。

いつも遅くまで起きてるから、眠れないかな、と思ったが、そうでもなく、すぐに眠りに入ったのだったが……。

「——何だろ？」

目が覚めて、暗い部屋の中を見回したが、特に変わったことはないようだ。

どうして目が覚めたんだろう？　しばらくベッドで考えていると——。

ザッザッと、何かがこすれるような音がするのだ。じっと聞いていると、どうやら表のベランダの方から聞こえているらしい。

まさか——泥棒じゃあるまい。

もしかすると、森が近いこともあって、何か動物が、ベランダに来たのかも、と思った。タヌキかキツネ?

あんまり変なものでないといいけど……。

まさかライオンやゾウが来るわけもない。

気になったので、ベッドを出ると、部屋の明かりを点けた。

すると——ベランダから何かがサーッといなくなる気配があった。

こわごわカーテンを開けてみると、部屋の明かりがベランダに帯状にのびていたが、他には何も見当たらない。

「気のせいかな……」

と呟《つぶや》くと、めぐみは明かりを消し、ベッドに戻った。

そして——十分か十五分ぐらいたっただろうか。

またベランダで、ザッという音がしたのだ。

さっきは明かりを点けたので、逃げたのが、戻って来たのかもしれない。

「何だろ……」

そっとベッドから出ると、カーテンを細く開けて覗《のぞ》いたが、暗くて何も見えない。

勉強机のスタンドなら、手が届く。めぐみはそっと手を伸ばして、スタンドのスイッチに指を置くと、カーテンの端をつかんだ。

そして、サッとカーテンを開けると同時にスタンドを点けた。

明かりがベランダを照らした。そこには——木の枝があった。

え？　——何、これ？

葉をつけた枝は、ベランダの向こうにあるのではなかった。

なぜか目の前に——それもガラス扉に触れそうな近さにあったのである。

めぐみはびっくりして、サッとカーテンを閉めてしまった。

「今の……何？」

あんなことがあるわけない！　木の枝が、こんな所まで伸びてくるなんて。

「夢見てるんだ、きっと。しっかりしろ！　目を覚ませ！」

と、口に出して言うと、何度か深呼吸して、それから思い切って、もう一度カーテンを開けた。

「もう、ベランダには何もなかったんです」

と、めぐみは言った。

そして、ちょっと間を置くと、

「こんな馬鹿な話、って思われるでしょ?」

と、エリカとクロロックを交互に見た。

「めぐみちゃんがおかしいなんて、ちっとも思わないよ」

と、エリカは言った。

「お父さん、どう思う?」

「うむ。——で、その後はどうした?」

「怖くて覗いてません」

と、めぐみは言った。

「また、あんなものが目の前に……。でも、寝ている間に、きっとベランダにやって来ていると思います」

「分かるのかね？」

「朝になってカーテンを開けると、ベランダにきっと何枚か葉っぱが落ちてるんです」

「なるほど」

と、クロロックは肯《うなず》いた。

「でも——本当に森がやってくるなんてこと、あるんでしょうか」

「世の中には、色々ふしぎなことがあるものだ」

と、クロロックが言うと、

「あら、めぐみ、早いのね」

と、スーツ姿の女性がやって来た。

「ママ、家庭教師に来てくれてた、エリカ先生」

「まあ、本当だわ！　その節はお世話に」

と、仲村智子は少し大げさに言って、

「めぐみ、行きましょ。遅くなるわ」

と、娘を促した。

「じゃ、エリカさん……」

と、めぐみが立ち上がる。

するとクロロックが言った。

「せっかくのご招待だ。今度、ぜひ伺《うかが》わせてもらうよ」

と言った。

「え……。ああ、ぜひどうぞ」

と、めぐみは言って、

「うちの新しい家を見たいって言われるんで」

「まあ、それはそれは。どうぞおいで下さいな。ちょっと遠いですけど」

と、智子は笑顔で言うと、

「さ、行くわよ」

——母娘がラウンジを出て行くのを、エリカたちは見送っていたが——。

「お父さん、何を考えてるの?」

「いや、あの子の話が確かなら、その家には危険が迫っているかもしれん」

「どういうこと?」

「もちろん、森が夜ごとにやってくるなどとは、なかなか信じられんだろう。しかし、その森の発する〈気〉のようなものが、あの家族に取りついているようだ」

「めぐみちゃんに、何かおかしいことが?」

「いや、あの子ではない」

と、クロロックは首を振って、

「あの母親の方に、妙な匂いを感じた」

✤見えない刺《とげ》

日がかげるのが、ずいぶん早くなった。

めぐみは、クラブの用事があって、いつもより三十分くらい遅く帰って来たのだが、家への道はもう暗くなり始めていた。

隣の家との間が離れているので、途中は木立の中の道を歩くことになり、つい足取りが速くなってしまう。

家に着くと、ホッとして、

「ただいま」

家の中は暗かった。――ママはまだ帰ってないんだな。

居間の明かりを点けると、電話が鳴り出したので、びっくりした。今はほとんどケータイなので、家へかけてくる人はいない。

ちょっと用心しながら、受話器を上げると、

「仲村《なかむら》ですが……」

「ああ、奥さんですか。会社の田辺《たなべ》です」

父の同僚で、前の家にもよく遊びに来ていた、気のいいおじさんである。めぐみは笑いをこらえて、

「私、めぐみです」

「何だ、めぐみちゃん？　てっきりお母さんかと思ったよ。もう今は……」

「中学生です」

「そうか！　早いもんだね」

と、大人がよく言うことを口にして、

「お父さん、帰ってるかな？」

「え？」

めぐみは面食らった。こんな時間に父が帰ってくるわけがない。

「まだですけど……。あの、どこか具合でも悪くなったんですか？」

「そうじゃないんだが……」

「田辺さん、教えて下さい。何があったんですか？」

「それがね……」

と、田辺は少し声をひそめて、

「仲村が同僚を殴《なぐ》ってけがさせたんだ」

「パパが？」

めぐみは啞然《あぜん》とした。父はおよそ暴力を振るったりするタイプではない。

「妙なんだ。今日昼休みにね、お宅が新居に越しただろ？　その話をしていて、同僚の一人が、『新しいのはいいけど、あんまり遠いのはごめんだな』って言ったんだ。それを聞いたら、仲村が突然怒り出してね。『俺の家の悪口を言う奴は許さない！』と怒鳴って、いきなり同僚を殴ったんだよ」

「そんなこと……」

「見ていて、僕もびっくりしたよ。殴られた方は口の中を切って、血が出てね。救急車を呼ぶ騒ぎになった。まあ、警察沙汰《ざた》にはなってないが、殴られた方は『訴えてやる！』って怒ってた」

「それでパパは……」

「そのまま会社を出てしまったんだ。ケータイにかけてもつながらないし、心配でね」

「すみません、そんなことに……」

「いや、たまたま虫の居所が悪かったんだろうね。もし帰ったら、僕に電話しろと言ってくれるかい？」

「分かりました」

「じゃ、よろしく頼むよ」

「はい。どうも……」

受話器を戻すと、

「パパ、どうしちゃったんだろ……」

と呟いて、振り向き、

「ワッ！」

と、声を上げた。

居間の戸口に、父が立っていたのだ。

「――パパ、いたの？」

「さっき帰って来て、寝てたんだ」

上着は着ているが、ネクタイはしていなかった。

「今、田辺さんから。――電話してくれって言ってたよ」

「うん。――後でかける」

と、父は言って、

「何か食べるものはあるか」

「今？　――冷凍のおにぎりとか、ピザとかならあるよ。電子レンジで温める？」

「じゃ、頼む。おにぎりがいいな」

「分かった。座ってて」

父が、どことなくボーッとして見えた。

そして、めぐみが温めたおにぎりを、ほとんど夢中になって食べている父の姿を見て、ふと「これって、パパと似てるけど、別の人じゃないかしら」と思った。

もちろん、そんなわけはないのだけれど、そう感じてしまうと、めぐみは妙に怖くなって、

「私、部屋に行ってるね」

と言うと、急いで居間を出て、階段を駆け上がっていた。

「まことにすばらしいお住まいですな」

と、クロロックは言った。

お世辞《せじ》を言う吸血鬼というのは、あまりいないかもしれないが、そこは「雇われ社長」として〈クロロック商会〉の経営に当たる内、身につけた能力だった……。

「ええ、私どもも、とても気に入っておりますの」

と、仲村智子《ともこ》は笑顔で言った。

「緑に囲まれた、こういう場所は、今どき珍しいですからな」

「とても空気がおいしいでしょう?」

日曜日、クロロックとエリカは仲村宅を訪れていた。

「──めぐみちゃんの部屋、見せてもらっていいかな」

と、エリカが言うと、

「うん!　ちゃんと片付けてあるから」

と、めぐみが立ち上がって言った。

「では、私も見せてもらおう」

と、クロロックも腰を上げる。

「どうぞ。ベランダに出てみて下さいな。とてもいい眺めで」

と、智子が言った。

エリカとクロロックは二階へ上がった。

めぐみの部屋へ入ると、

「パパが何だかおかしくて……」

と、めぐみが言った。

会社での出来事を話すと、それを聞いたクロロックは、難しい顔で肯《うなず》いた。

「相手は自然のものだ。どうしたものかな……」

「お父さん、どういう意味？」

「ベランダに出てみよう」

めぐみがガラス扉を開け、クロロックたちはベランダに出た。

「――なるほど」

クロロックは目の前の森を見て、

「ずいぶん森が近いな」

「前より、絶対近くなってると思う」

と、めぐみが言った。

「でも、パパもママも、そんなこと口にしないんです。私が森のこと話そうとすると、すぐ話をそらしちゃって……」

クロロックはベランダの柵《さく》のところまで行くと、じっと森を見つめていたが――。

クロロックが大きく息を吸って、両手を一杯に広げた。――すると、少しして、風が起こった。

エリカには分かった。それが、普通の風ではないことが。

クロロックの力が巻き起こした風――いわば超自然の風なのだ。

クロロックのマントがはためき、やがて森が風に揺らぎ始めた。風は徐々に激しくなり、森の木々の枝がしなるように波打った。

「どうしたの？」

めぐみがその光景に息を呑《の》んだ。

「大丈夫」

エリカはめぐみの肩を抱いて、

「お父さんが、森に話しかけてるの」

と言った。

「森に？」

「そう。——じっとしてて。心配いらないから」

森は唸《うな》りをたてるような風に激しく揺れた。——せいぜい一、二分のことだったろうが、エリカにも、ずいぶん長く感じられた。

そして——クロロックが両手を下ろすと、風は止み、森も静かになった。

めぐみは目を丸くして、

「エリカさんのお父さんって、凄《すご》い人なんですね！」

と言った。

「どうだった?」

と、エリカは訊いた。

「うむ」

クロロックは、ちょっと難しい表情で、

「これはなかなか根の深いことだな」

「あの……この家、大丈夫でしょうか」

と、めぐみが訊いた。

「差し当たりは心配あるまい。もし、変わったことがあったら、いつでも連絡しなさい」

「はい。——何だかホッとしました」

その後、一時間ほどして、エリカとクロロックは仲村家を後にした。

「——お父さん、本当に大丈夫なの?」

と、歩きながらエリカが訊く。

「今のままなら、そう問題は起こるまい。しかし、あの母親を見ていると……。それに父親が会社で人を殴《なぐ》ったという話だったな」

「それも、あの森と関係が？」

「おそらくな。——とりあえずは様子を見るしかなかろう」

その父の口調に、エリカはかなり本気で心配していることを感じていた。

「さて、帰りに何か食べて帰るか」

と、クロロックが言った。

「いいね！　じゃ、イタリア料理がいい」

「高いだろう。駅前の定食屋じゃだめか？」

「社長がケチ言わないでよ」

と、エリカは文句をつけた……。

✽寄り道

「仲村《なかむら》さん」

と呼ばれて、一瞬ギクリとした。

振り返った仲村はホッとして、

「下田《しもだ》くんか」

仲村の勤める〈M物産〉の同僚、下田信江《のぶえ》だった。三十を少し過ぎたところだが、高卒で入社しているので、もう十数年のベテランである。

「中へ入ったら？　ここまで来たんですもの」

仲村は、会社の入っているビルの前に来て、入ったものか、ためらっていた。

同僚の北山《きたやま》を殴って、そのまま帰宅してから十日たっていた。

冷静になると、とんでもないことをしでかしてしまった、と怖くなり、なかなか出社できなかったのである。

そして今日——やっと会社のビルの前までやって来た。

「お使いの帰りなの」

と、下田信江は言って、

「一緒に中に入りましょ。ね?」

と、仲村の腕を取って、ビルの中へ引っ張って行く。

ためらう間もなく、エレベーターに乗っていた。

「——心配しないで」

と、下田信江は言った。

「北山さんとは話をしたわ」

「君が?」

「北山さんも、もう怒ってないわよ。大丈夫」

ニッコリ笑うと、下田信江は誰でも安心させる、いつもの口調で言った。

「君――どうして僕のために、そんなこと……」

「え？」

下田信江はちょっと目を見開いて、

「もちろん、仲村さんのことが好きだからよ。決まってるじゃないの」

仲村の方がびっくりする番だった。そして――少しして、下田信江は声を上げて笑ったのだった。

「おい、下田君……」

「びっくりした？　それともゾッとした？」

いたずらっぽく言った下田信江を見て、仲村はなぜか胸がときめいた。

今までも、一緒に仕事をしていて、「チャーミングな子だ」とは思っていた。しかし、こんな風にハッとして見直したのは初めてだ……。

心配するほどのことはなかったのだ。

仲村は、ごく当たり前のように、いつもの仕事に戻ったのだった。誰も、仲村が同僚を殴ったことを気にとめていない様子だったのである。

そして、仲村は殴った北山の所へ行って、

「悪かった」

と、詫《わ》びた。

「いいさ」

と、北山は笑って、

「今度一杯おごれよ」

と言った。

仲村は、休んでいる間にたまった仕事を、せっせと片付けた。アッという間に、夕方になっていた。

一息ついて、オフィスを出ると、仲村はトイレで顔を洗った。

出て来ると、北山が立っていた。

「仲村、ちょっと話があるんだ」

と促されて、階段の所へ行くと、北山は周囲を見回して、

「なあ、仲村。さっきはみんなの手前、何でもないようなことを言ったが、歯が一本折れて、大変だったんだ」

「そうか……。すまん。金がかかったろ？　いくらだ？」

仲村が訊くと、北山はフッとそれまで見せたことのない冷ややかな表情になって、

「三百万」

と言った。

「三百万？　――そんな金は……」

「出せないか？　それなら警察に被害届を出すぜ。いいのか？」

「何だって？」

「立派な暴行傷害だからな。逮捕されて、会社だって、そうなりゃクビにせざるを得ないだろう」

「北山、お前……」

「ちょっと金がいるんだ」

と、北山は言った。

「浮気相手に金をせびられててな。女房にばらすと脅《おど》されてる。お前のことを訴えない代わりに三百万だ。——どうだ?」

「そんな金は……。新しい家のローンがあるんだ」

「例の田舎《いなか》の一軒家か」

と、北山は笑って、

「何千万だったか知らないが、三百万ぐらい借金が増えても同じようなもんだろ」

仲村の中に、怒りがこみ上げて来た。金のことより、あの家の悪口に対してだ。

「おい！　取り消せ！　あの家は俺の大切な宝なんだ！」

と、北山の胸ぐらをつかんだ。

「何するんだ！」

北山は苦笑して、

「そんなに大事な家なら、手放したくないだろ。クビになったら、ローンも払えないぞ」

「そうか」

「手を離せ！　大声を出すぞ」

「出してみろ」

仲村は、怒りに任せて、北山の体を階段へと突き飛ばした。北山は声を上げる間もなく、階段を転げ落ちて行った。

「――何てことだ」

ハッと我に返って、仲村は呟《つぶや》いた。

俺は何をしたんだ？

北山は階段の下に横たわって動かない。——気を失ったのか？

そこへ、

「どうしたの？」

と、声がして、下田信江がやって来た。

「下田君か……」

「何があったの？　汗びっしょりよ。——倒れてるの、北山さん？」

「ああ、ついカッとなって……」

下田信江は階段を駆け下りて、北山のそばに膝をついた。

「気絶してるのか」

と、仲村が言うと、信江は顔を上げて、

「——死んでるわ」

と言った。

「まさか……」

仲村が呆然《ぼうぜん》として呟いた。

「どうしたっていうの？」

「いや……。北山が三百万出せと……」

仲村の話を聞いて、信江は、

「ひどい話ね。北山さんがそんな人だったなんて！」

と言った。

「しかし……俺は北山を殺してしまった。何もかもおしまいだ」

「だめよ！」

信江は、仲村の腕をつかんで、

「仲村さんのせいじゃない。北山さんは自業自得《じごうじとく》だわ」

「下田君……」

「ね、私と屋上へ行きましょ」

「屋上？　どうして？」

「二人で、こっそり会ってたことにするの。私、アリバイを証言してあげる」

「本気か？」

「もちろんよ！　仲村さん、殺人罪で捕まってもいいの？」

「いや……。そんなことは……」

「じゃ、行きましょう」

仲村は、信江に引っ張られて、エレベーターで屋上へ上った。

風は冷たいが、立っていられないほどではなかった。

「抱いて」

と、信江は仲村を見つめて言った。

「下田君……」

「本気よ。あなたが好きなの」

真っ直ぐに見つめてくる信江の瞳に、仲村は吸い込まれるような気がして——。

仲村は、激しく信江を抱きしめていた……。

✠呪いのお財布

「助けて下さい！」

会うなりそう言われて、エリカはびっくりした。

「落ちついて、めぐみちゃん」

と、なだめて、

「ともかく、何があったのか、話してちょうだい」

「すみません」

めぐみはとりあえず、コップの水をガブガブと一気に飲み干して、

「このままじゃ……うちは森のせいでなく、だめになってしまいます」

と言った。

「一体どうしたの？」

大学にいたエリカのケータイに、めぐみから助けを求める電話がかかって来たのである。

大学の正門の前にあるカフェで、エリカはめぐみと会っていた。

「おかしいんです」

と、涙ぐんで、めぐみが言った。

「パパもママも……。どうなっちゃったのか……」

「お父さんの会社の人が亡くなったのは知ってるわ」

と、エリカは言った。

「でも、あれは事故だったんでしょ？」

「パパはそう言ってるけど……」

「警察が調べてるでしょ」

「ええ。パパは仕事の打ち合わせをしてたって。そのときには」

「でも、それが……」

「証言したの、下田さんっていって、パパと仲のいい女の人なんです。――でも、今はただ仲がいい、っていうだけじゃないみたいで……」

「つまり……お父さんがその女の人と？」

「たぶん」

　と、めぐみは肯《うなず》いた。

「でも、私だってそう感じるのに、ママは一向に気にしてないみたい。変でしょ？　夫が浮気してるかもしれないのに」

「そうね……」

「それどころか、ママのほうもおかしいんです」

「どんな風に？」

「これ……」

めぐみがポケットから出したのは、古そうな人形だった。ふしぎな色をした石でできているようだ。

「これ、いくらだと思います？」

「さあ……。値打ちのあるものなの？」

「百万円もするんですよ！　私、ママのカードの控えを見ちゃったんです」

「へえ……」

「これだけじゃないんです。気に入ったからって、何十万円もするバッグも……」

「もともと、ブランド品がお好きなの？」

「そうじゃないんです。ママは実用第一の人で、バッグだって、『安いのを沢山《たくさん》持ってる方がいい』っていうタイプなんです」

「今、よほどお宅に余裕があるの？」

「とんでもない」

と、めぐみは首を振って、

「あの家のローンだって大変なはずです。前の家でパパとママが二人で夜中まで、どこまで払えるか、話し合ってたのを、私、何度も聞いてます」

「それは確かにおかしいわね」

「それで……。今日、私、目を回しそうになって」

と、めぐみはため息をつくと、

「あの……甘いもの、食べていいですか？」

「いいわよ。このお店ぐらい、わたしのおこづかいでおごってあげられる」

「ありがとう！　──すみません！　このスーパーパフェ、下さい」

カフェには似合わないが、女子大生狙いの巨大なフルーツパフェがあった。

めぐみはそれを夢中で半分ほど食べて、ひと息つくと、

「──ママが、昨日大きな四角い包みを抱えて帰って来たんです。何だろうと思ったら、誰かの絵で……」

「絵。複製じゃないの？」

「私もそうかと思いました。でもママは、『このお家には、これぐらいの絵でなきゃ、ふさわしくないのよ』って……」

「それが――」

「二千万円だって」

「はあ……」

「普通じゃないでしょ？　私、びっくりして、『払えるの？』って訊いたんです。そしたら、『そんな心配するのは、この家に失礼よ』って」

めぐみは、パフェの残りを、アッという間に平らげると、

「このままだと、うち、破産しちゃいます。お願いです。何とかして下さい！」

と、頭を下げたのだった……。


「そうおっしゃられましても……」

画商は、四十代のキザなツイードなど着た男で、クロロックの話に、皮肉めいた

笑みを浮かべると、

「ちゃんと価格を納得されて、お買い上げいただいたのですから、私どもといたしましては……」

「うむ。あんたの言うことは正しい」

と、クロロックは言った。

「お分かりいただけて幸いです」

「しかし、あんたの言うことは常に正しいかな?」

「どういう意味でしょう?」

「時には、間違ったことも言っているのではないか?」

「おっしゃることが分かりかねますが……」

「あんたはあの絵を『一九世紀ウィーンの画家の作』と言って売ったそうだが、それは違うな」

「私はプロですよ」

と、画商は胸を張った。

「君、いいかね」

と、クロロックは突然鋭い口調になって、

「プロというものは素人《しろうと》を騙《だま》していいのではない。百年前のものと十年前のものと、区別できない素人のために、正しい評価をするのがプロというものだ。それは第一に正直であることだ。——分かるかね？」

画商はフラつくと、

「もちろん！　私は間違いなくプロとして……」

「プロとして恥ずかしくない商売をしなさい。それで、あの絵の値打ちは正直、どれほどと思うのかね？」

「はあ……。あれは後世の弟子の作ですから、せいぜい二、三十万……」

「それで二千万で買わせたのは、どんなものかな」

「全《まった》くです！　プロとして、あるまじき行為です」

「では、絵を引き取ってもらえるかね？」

「はい、もちろんです。お支払いは、頭金の二百万ですが、すぐお返しします」

「それでこそ、良心的な態度というものだ」

と、クロロックは肯《うなず》いて、

「では、絵を返すぞ」

画廊《がろう》の入口に置いてあった包みを持って来る。

「では、二百万は小切手で……」

――外へ出ると、

「無事、返して来たぞ」

と、クロロックはめぐみに言った。

「ありがとうございます！」

めぐみは深々と頭を下げた。

「でも、めぐみちゃんのお母さん、大丈夫かな」

と、エリカが言うと、

「おそらく、もう絵のことは忘れておろう」

と、クロロックが言った。

「ママ、これ以上おかしくならないでしょうか?」

「いや、どこかで勝負をつけなくてはな」

「勝負って……」

「森との間のだ」

クロロックはそう言って、

「やはり夜中にお邪魔する必要がありそうだな」


夕方、もう辺りが真っ暗になるころ帰宅しためぐみは、

「ただいま」

と、玄関を上がりながら、見たことのない女ものの靴《くつ》を目にとめていた。

居間を覗《のぞ》くと、

「お帰りなさい」

と、智子《ともこ》が言った。

「うん……」

めぐみは、居間のソファに、パパとママと、そしてもう一人、若い女性が座っているのを見て、どうしていいか分からなかった。

この女の人は確か――。

「めぐみ、こちら下田信江《しもだのぶえ》さんよ。会ったことあるでしょ」

「うん。――今晩は」

「お邪魔してます」

下田信江は、微笑《ほほえ》んで言った。

「私、二階に行ってるね」

と、めぐみが行きかけると、

「めぐみも座って」

と、智子が呼び止めた。

何だろう？　何だかいやな予感がした。

「めぐみにも関係のあることなの」

「私に？」

「今度ね、パパはママと別れて、下田さんと再婚することになったのよ」

――しばらく呆然《ぼうぜん》としていためぐみは、

「ママ、何の冗談？」

と言った。

だって、ママは全然深刻そうじゃなく、「明日映画に行くのよ」とでも言ってるようだったのだ。

「本当のことよ。だから、これからは下田さんがあなたのママ。分かるわね」

下田信江は愛想よく、

「よろしくね、めぐみちゃん」

と言った。

「え……だって、そんなこと……。パパはそれでいいの?」

「まあ……ママがいいと言ってるからな」

「だけど……。ママ、どうして止めないの?」

「もちろん、パパのことは大好きよ」

と、智子が言った。

「でもね、下田さんが言ったの。『このすてきなお家には、やはり私のような女の方がふさわしいと思います』ってね。それを聞いて、私も……」

「ママ!」

「そう。パパにはやっぱり下田さんのように若くてきれいな人の方が合うわ。そう思って納得したの」

智子はニッコリ笑って、

「信江さん、主人とこの子のことを、よろしくお願いしますね」

と言った。

「はい、どうぞお任せ下さい」

信江の方も、まるで保険のセールスにでも来たかのように、にこやかに言ったのである……。

✠ 決算

「もう――わけ分かんない！」

自分の部屋で、めぐみはグルグル歩き回りながら、

「パパもママも、勝手にしろ！　でも、私はあの女の人をママなんて呼ばないぞ！」

と、大きな声でひとり言を言っていた。

すると――。

「気持ちはよく分かる」

「ワッ！」

めぐみは飛び上がりそうになった。

いつの間にか、クロロックが部屋の中に立っていたのだ。

「突然お邪魔してすまん」

と、クロロックが言った。

「いいえ、構いません。連絡しようと思ってたんです」

「うむ。急を要することだからな」

と、クロロックは言って、

「もうじき真夜中になるな」

そのとき、ベランダに出るガラス戸を叩く音がして、めぐみが、

「来た!」

と、逃げ出しそうになる。

「いや、大丈夫。娘のエリカだ。開けてやってくれ」

「はい」

カーテンを開けて、めぐみは息を呑《の》んだ。

エリカが、母の智子《ともこ》を両腕で抱き上げていたのだ。智子はぐったりとして、気を失っているようだった。

急いでガラス戸を開けると、

「ママ！　どうしたの！」

「大丈夫よ」

と、エリカが智子の体をめぐみのベッドの上に下ろすと、

「森の木の枝にロープをかけて、首を吊ろうとしていたの」

「え？　どうして――」

「自分が邪魔だと思ったからだ」

と、クロロックは言った。

「下田《しもだ》という女と夫とが結婚できるように、と思わされていたのだな」

「馬鹿なことして！」

と、めぐみが母親の手を握りしめた。

「お母さんのせいではない。すべては……」

と、クロロックが言いかけたとき、ベランダの外では、森全体が押し寄せて来ていた。

家が揺れ、きしんだ。

「家が壊れる!」

と、めぐみが叫んだ。

「落ちつけ」

クロロックは、めぐみの肩を叩いて、

「ベランダへ出て来るなよ」

と言うと、一人、ベランダへ出て、ガラス戸を閉めた。

森が激しく揺れ動いた。

クロロックは、

「鎮《しず》まれ！」

と大声で言って、両手を左右へ広げた。

クロロックの目の前に、炎が帯を描いた。

森が一斉にたじろいで後ずさる。

「戦うつもりはない。落ちつけ」

と、クロロックは言った。

「お前たちの気持ちはよく分かる。何百年も前、この辺りの人間たちがお前たちと約束した。この森には決して手をつけない、と。しかし、今はこうして、道や家が建っている」

クロロックは肯《うなず》いて、

「確かに、人間はお前たちとの約束を破った。しかし、考えてやれ。人の寿命《じゅみょう》は短い。お前たちのように、何百年も生き続けることはないのだ。かつての約束は、今の人間たちには伝わっていない。――もちろん、お前たちは不満だろう。しかし、この一家を追い出したところで、また別の家族が新しい家を建てる。そうなるよりも、この一家と、うまく譲《ゆず》り合いながら生きのびるのが得策ではないか？」

森はしばし沈黙した。

クロロックは続けて、

「この一家は、決してお前たちの敵ではない。むしろ、森を守るために、力を貸してくれよう。私がそう説得する。ここはお前たちも、この先の何十年、何百年を考えて、寛大な心を持ってくれないだろうか」

さらにしばらく静かな時間が過ぎて——。

森はゆっくりと後退して行った。

「それでいい」

と、クロロックは言った。

「もし、人間が力ずくでお前たちを破壊しようとしたら、私を呼ぶがいい。力になる」

森はさらに後退し、ひっそりと静まり返った……。

「——どうしたの、私?」

と、智子が目を覚ました。

「ママ! 気が付いた!」

「めぐみ……。私、どこへ行ってたのかしら?」

「良かった! 戻って来たんだね、ママ」

「パパは? 寝てるのかしら」

と、智子がベッドから下りる。

「あ、ママ、今はやめといた方が……」

「どうして?」

智子はさっさとめぐみの部屋を出て行った。そして、ややあって、

「あなた! どういうことなの!」

という智子の怒鳴り声が聞こえて来た。

「パパ、あの女の人と一緒だったんだね」

と、めぐみは言った。

「みんな、あの森の出す〈気〉に支配されていたのだ」

と、クロロックは言った。

「でも、もう大丈夫よ」

エリカがめぐみの肩を抱いて言った。

大丈夫といっても……。

下田信江《のぶえ》が帰って行き、仲村《なかむら》と智子が仲直りするまでには、ほとんど明け方までかかった。

クロロックとエリカは、朝早く、仲村家を出た。

「この辺は冷えるな」

と、クロロックは言った。

まだまだ問題は残っている。

北山《きたやま》の死についても、仲村の罪と言えるかどうか。下田信江はおとなしく引き下がるかどうか。

「まあ、どこの家にも問題はあるものだ」

と、クロロックは言って、

「早く帰らんと、うちの奥さんが怖いからな」

と、足取りを速めたのだった。

吸血鬼と失われた記憶

✠ 銃弾

「いいの？　こんな高級店……」

つい、訊かずにはいられないエリカだった。

「心配するな。こう見えても社長だ」

と言ったのは、もちろん、エリカの父であるフォン・クロロック。

〈クロロック商会〉の社長をつとめているのは事実だが、「オーナー社長」というわけではない、「雇われ社長」。好き勝手に、こんな都内有数の高級フレンチレストランを使うわけにはいかない。

「後で自分の分を払え、とか言わないでよね」

エリカはあくまで慎重だ。

「大丈夫だ。〈クロロック商会〉の親会社へ来た招待を、こっちへ回してくれたのだからな」

「じゃ……タダ？」

「飲み物は別だ。だから今夜はワインでなく、ジンジャーエールで行こう」

「分かったよ」

と、エリカは苦笑した。

それで、コースメニューも決まってるのか。やっと納得した！

高層ビルの十階に入っているこのフレンチレストランは、今ＶＩＰやセレブが次々に訪れて、「予約は半年待ち」とさえ言われている。

「それですぐ取れたのね」

神代《かみしろ》エリカも、いつになく大人びたスーツ姿で、窓ガラスの外に見える華やかな夜景を眺めていた。

父、フォン・クロロックはトランシルヴァニア出身の本物の吸血族。日本人の妻との間の子が、今大学生のエリカである。

「いらっしゃいませ」

ウエイトレスが、おしぼりとメニューを持って来た。

ヨーロッパ映画から抜け出して来たような小間使い姿の若いウエイトレス。

「お飲み物のメニューでございます」

爽《さわ》やかな声で、見た目も愛らしい。

「うむ。ありがとう」

クロロックは微笑《ほほえ》むと、

「せっかくだから、初めにシャンパンをもらおうか」

え？　エリカはびっくりした。

「かしこまりました」

と、ウエイトレスがメニューを手に去ると、

「お父さん！　どうしてシャンパン？」

と、エリカは小声で言った。

「うむ……。それぐらい頼まんと、あの子に気の毒だろう」

「全《まった》く、もう！　可愛《かわい》い子にはすぐいいところを見せたがるんだから」

「いや、ただ可愛いだけではない。あの小間使いにはプロの資格が具《そな》わっておる」

「まあね……。でも、お母さんには内緒だよ」

「当たり前だ！」

と、クロロックはあわてて言った。

エリカを産んだ母は亡くなって、今、クロロックの妻はエリカの一つ年下という若い涼子《りょうこ》。虎ノ介《とらのすけ》という男の子もいて、クロロックとしては恋女房だが、無類のやきもちやき。

クロロックが他の女性に優しくすると怒りまくる。

「――お待たせいたしました」

あの「小間使い」が、シャンパングラスを二人の前に置いて、シャンパンをそっと注ぐ。

その手つきは、若さに似合わず落ちついていて、みごとだった。

「ありがとう」

と、クロロックは微笑んで言った。

そのとき――。

ビシッという音がして、「小間使い」の手にしていたシャンパンのボトルが砕《くだ》けた。

「キャッ!」

と、彼女が声を上げる。

「お父さん――」

窓ガラスに丸い穴が開いていた。

クロロックが、

「エリカ、伏せろ！」

と言った。

「狙撃だ！」

エリカが素早くテーブルの下へ身を隠した。そのとき、もう一度、ビシッという音がして、ガラスにまた穴が開いた。そして、立っていた「小間使い」が
「アッ！」

と、声を上げて体をねじるようにして倒れたのだ。

「いかん！」

クロロックは倒れた「小間使い」のそばへ膝をつくと、

「救急車を呼べ！」

と怒鳴った。

「お父さん――」

「我々を狙っているのかと思った。まさか、この娘が」

クロロックが彼女を仰向《あおむ》けにすると、その左のこめかみから血が流れ落ちていた。

「頭に当たったの？」

「いや、かすめただけだ。しかし、頭をやられたら危ない。——おい！　誰か来い！」

あわてて、レストランのマネージャーらしい男性がやって来ると、

「何か失礼がございましたでしょうか」

「けが人だ！　救急車を呼べ！」

「は……。どこかに頭をぶつけたのでしょうか？」

「違う！　狙撃されたのだ」

「え？　雪乃《ゆきの》ちゃんが？」

「窓ガラスを見ろ！　それより——」

と言いかけて、クロロックはエリカの方へ、

「行くぞ」

「分かった」

クロロックはその女性を抱きかかえると、テーブルの間を猛烈な勢いで駆け抜けた。エリカがその前を走って、邪魔な物を突き倒して行く。

エレベーターで一階へ。

「気を失ってる？」

「うむ。大したことがないといいがな」

こめかみから血を流している女性を病院へ。――エリカは一階に着くと、ビルの受付へ駆けつけて、一番近い病院を訊いた。

「歩いて十分だって！」

「よし、一分で行くぞ」

二人はロビーを駆け抜けると、正面の自動扉を粉々にして、外へ飛び出した……。

「野崎《のざき》雪乃というのか」

と、クロロックは朝食をとりながら、ＴＶのニュースを見て言った。

「あなた」

妻の涼子が、ハムエッグの皿を出しながら、

「その女は誰なの？」

と、夫をジロッとにらんだ。

「何のことだ？」

「今、女の名前を呟《つぶや》いたわ。私に隠れて付き合ってるんじゃないの？」

「何を言うか！　お前という、この世に二人とはいない可愛い妻がありながら、私がそんなことをすると思うのか？」

一緒に朝食をとっていたエリカは笑いをこらえていた。

「ゆうべ、たまたま居合わせたのだ。野崎何とかという娘が銃で撃たれたときにな。それで病院まで連れて行った。エリカも一緒だった。――そうだな？」

「うん。病院に連れて行って、後は医者に任せて帰って来たんだ」

「あらそう。それならいいわ」

涼子は、一応納得した様子だったが、

「でも、お花を持って見舞いに行くなんてことはだめよ！」

正に、これから見舞いに行こうとしていたクロロックは、

「もちろんだ！　私も社長だぞ。忙しいんだ。赤の他人の見舞いになど行っている暇はない」

と、即座に言って、エリカを見た。

要するに、エリカに、「代わりに行って来てくれ」ということなのである。

エリカも、あの「小間使い」のことは心配だったので、病院へ寄るつもりでいた。

それにしても、こと女性問題に関しては、涼子の直感はほとんど神がかり的と言ってもいい。

「――じゃ、私、もう行くね」

と、エリカはコーヒーを飲み干して、立ち上がった。

クロロックが無言でエリカへ肯《うなず》いて見せた。

──確かに、レストランのウエイトレスがなぜ狙撃されたのか、ふしぎである。

もちろん大学にも行くのだが、午後からあの病院へ回ろう、とエリカは思った。

「あなた」

と、涼子がクロロックに言っているのが聞こえて来た。

「私、今日はお友達と会うの。虎ちゃんの面倒みてくれる？」

「一日ずっとか？　では──会社へ連れて行こう」

社長が子連れ出勤？　玄関へ出て行きながら、エリカは、

「〈クロロック商会〉は最先端を行ってるわね」

と、呟いたのだった……。

✱見舞客

一見、眠っているように見えた。

エリカは、あの「小間使い」の女の子が、病室のベッドで横になって目を閉じているのを見て、声をかけるのをためらった。

頭に巻いた白い包帯が痛々しい。

担当の医師と話をして、弾丸は彼女のこめかみをかすって飛んだこと、むろん傷はあるが、脳の内部への損傷はなかったことを聞いてホッとしていた。

「数日間は様子を見た方がいいでしょうが、それで退院できると思いますよ」

という医師の話だった。

良かった。——エリカは、大学の帰り、見舞いに来たものの、もし野崎雪乃《のざきゆきの》が眠っているなら、あえて起こすこともない、と思った。

そばから、そっと顔を覗《のぞ》き込んで、このまま帰ろうかと思っていると、

「あ……。起こしちゃったかな」

雪乃が目を開けたのである。

ちょっとふしぎそうに天井を眺めていたが、エリカを見ると、

「ああ……。あのときのお客様ですね」

と言った。

「よく分かるわね」

「気になっていたので。おけがはありませんでしたか？」

「ええ、私も父も何ともなかったわ。父も心配してた」

「すみません、ご心配かけて。わざわざ来て下さったんですか」

「大学の帰りなの。でも、大した傷じゃなくて良かったわね」

「ありがとうございます。——そういえば、看護師さんから聞いたんですけど、私をここへ運んで下さったのは……」

「父と私で。救急車を呼ぶより早いと思ったから」

「何てお礼を申し上げたらいいか……。お父様にもよろしくお伝え下さい。確か……クロロック様でしたか……」

「ええ。私はエリカ。父はちょっと人間離れした力の持ち主なの」

「私、重くなかったでしょうか」

と、雪乃はちょっと微笑《ほほえ》んだ。

するとそこへ、

「おお、ここか」

と、ちょっと大き過ぎる声を出して、背広姿の男性が病室へ入って来た。

「あ……。どうも」

と、雪乃が言った。

「どうなんだ？　そうひどい傷じゃない、って聞いたぞ」

「おかげさまで。――エリカさん、レストラン〈M〉のマネージャーです」

「これはどうも。金田《かねだ》と申します」

あの店で見かけているが、服装が違うのですぐには分からなかった。

「――あのときのお客様？　そうでしたか！　いや、雪乃がお世話になりまして」

と、少し大げさに頭を下げる。

いかにも客商売の人間らしく、少々わずらわしいくらい愛想がいい。

金田は、雪乃の方へ、

「店の準備があるから、もう行くよ」

と言って、持って来た花束を置くと、

「みんな心配してる。早く良くなってくれよ」

と言った。

すると、雪乃が、ちょっとふしぎな目つきで金田を見た。エリカだからそう感じたのかもしれない。

「金田さん」

と、雪乃は言った。

「うん。何だい？」

「あの弾丸で穴の開いた窓ガラス、高いですよね。でも、私、狙われる覚えはないんです」

雪乃の言葉に、金田はギョッとした様子で、

「ああ、それはまあ……。きっと警察が調べてくれるよ」

「私、解雇されると困るんです。私の収入で故郷の両親が暮らしているので。できるだけ早く仕事に戻りますから、お願いです。クビにしないで下さい」

「いや、君、そんなこと言ってないじゃないか」

と言いつつも、金田の笑顔は引きつっていた。

どうやら、雪乃は金田の思っていることを言い当てたらしい。

「ともかく、また来るよ。お大事に」

早口にそう言うと、金田はせかせかと帰って行った。

「雪乃さん」

と、エリカは言った。

「あなた、金田さんの考えてることが分かったの？」

「ええ」

と、雪乃は肯《うなず》いて、

「どうしてだか分かりませんけど、金田さんが心の中で、『面倒なことになったな。こいつのおかげで、あの窓ガラスも取り換えなきゃいけないし。退職金からガラス代を差し引いてやるか』って言ってるのが、聞こえたんです」

そう言ってから、雪乃は眉《まゆ》を寄せて、

「でも、変ですね。どうして私、そんなことが分かったんだろう」

すると、

「それは興味深い話だな」

と、声がした。

「お父さん！　いいの、ここへ来て？」

クロロックがやって来たのである。

「なに、涼子《りょうこ》には黙っていれば大丈夫だ。もう帰って来たので、虎《とら》ちゃんも見なくて良くなった」

「クロロックさん。——この病院の人が、『マントをつけた男の人が、もの凄《すご》い速さでけが人を運んで来た』と話してました」

「人には取《と》り柄《え》というものがある」

と、クロロックは言って、雪乃の目をじっと覗き込んだ。

「うーん……」

「私、どこかおかしいんでしょうか？」

「おかしいと言えば言えるな」

と、クロロックは面白がっている様子で、

「弾丸が君の頭をかすめたとき、脳で何かが起ったのだ。――人間の体には、色々ふしぎなことがある」

「そうですね。でも――お二人が私のことを心配して下さっているのがよく分かります」

と、雪乃は微笑んだ。

「それはそうと――」

と、クロロックが言った。

「狙われる覚えはないと言っていたな」

「ええ。本当のことです。私なんか誰が殺そうとするでしょう」

クロロックは少し考えて、

「あのとき、個室に客はあったかね？」

雪乃は少し考えて、

「はい。〈S重工〉の方々です」

「君は個室を担当していたのか？」

「私がご案内しました。後、オーダーを承《うけたまわ》るのと、オードブルを出すところまで、私が。後は他の者が」

「そうか」

と、クロロックは肯いた。

「あの——それが何か？」

「いや、深い理由はない。——私の心は読まんでくれ」

と、クロロックは微笑んで言った。

「そんな失礼なことはしません」

「それに、もし君のその能力を人に知られたら、君は孤立してしまうだろう」

雪乃は初めてそれに気付いたように、

「本当ですね！　自分の考えてることが全部分かるなんて相手と話したくないです

よね」

「だから、今の話は、我々だけの間のことにしておこう」

「分かりました」

と、雪乃は肯いた。


「あんなことが起こるのね」

と、病院を出ると、エリカが言った。

「全《まった》く、人間というものは、複雑だ」

「心が読める、か。——いいことばかりではないね」

「ずっとその能力が続くのか、それとも傷を負ったことから来る、一時的なものなのかは分からん。——ただ、個室の〈S重工〉というのが、ちょっと気になってな」

「どうして？」

「トイレに立ったとき、個室の前を通った。そのとき、中で話していたことが……」

「立ち聞きしたの？」

「そんなことはしない。だが、聞こえてしまったのだ」

クロロックの聴力は人間よりもずっと高いのだ。

「何の話をしてたの？」

「うむ……。中の一人が言っていた。『やはり人間で試してみなくてはなりませんな』と」

「人間で試す、って何を？」

「詳しくは分からんが、他の一人が言うのが聞こえた。『人間で試したら、死ぬかもしれないぞ』とな。すると、『一人や二人、構わんでしょう』と言って笑った者もいた」

「そんな……。でも、あの雪乃さんは、そんな話は知らないでしょ」

「もちろんだ。それに、その場で狙撃させることもできまい」

「そうだよね。──本当に雪乃さんが狙われたのかしら?」

「一発だけなら、間違いとも考えられるが、二発の弾丸が飛んで来ている。他の誰かと見間違えるとは考えにくい」

「うん……。どこから撃ったんだろ?」

「それは警察が調べている」

と、クロロックは言った。

「ちょうどあのレストランの高さに、隣のビルの屋上があるのだ。おそらくそこからだと思うがな」

「じゃ、何か手がかりが……」

「そこが気になる。──警察から何の発表もない」

「何も見付からなかった?」

「どうかな」

と、クロロックは言って、

「どうだ、これから見に行くか」

と、エリカを見た。

✱新米

「うーん……」

唸《うな》り声が聞こえて来た。

そのビルの屋上に上って来たクロロックとエリカは、顔を見合わせた。

まだ充分に明るかった。

「誰かいるのか」

と、クロロックが声をかけると、水のタンクのかげから、コートをはおった男が顔を出した。

「――どなたです？」

と、クロロックのスタイルをふしぎそうに眺め、

「映画のロケですか？」

と訊いた。

「そうではない。あんたはここで何をしておるのだ？」

「私は――こういう者です」

と取り出して見せたのは――。

「もしかして警察手帳？」

と、エリカは言った。

「でも、ちゃんと文字のある方を見せてくれないと」

「や、失礼！」

ずいぶん若そうなその刑事は、手帳の裏の方を見せていることに気付いて、あわてて表の方を見せたが、今度は逆さまだった。

「――ともかく、刑事なのだな」

と、クロロックは言った。

「Ｓ署の成田《なりた》です」

と、若い男は名のった。

「どうしてこの屋上へ？」

と、クロロックが訊くと、

「実は、昨夜ここから向こうのビルのレストランに発砲した者がいたらしく――」

「それは知っている」

クロロックが事情を説明すると、

「そうでしたか！　撃たれた若い女性は、幸い軽傷だったと聞きました」

と、成田は言った。

「それで、この屋上で何か見付かったのかな？」

「いえ、それが……」

と、成田は首をかしげて、

「上司と一緒に、今朝ここへ来たのですが、何だかザッと見て回っただけで。『何もないな』と言って、引きあげてしまったのです」

「それで、あんたは――」

「もっとていねいに捜せば、何か見付かるのじゃないかと思って、来てみたんです」

「何か見付かったかね？」

「いえ。しかし、この水のタンクの下とか、本当ならもっとよく調べた方がいいように思います」

クロロックは微笑んで、

「いい心がけだ。その初心をいつまでも忘れんようにな」

「ありがとうございます！」

「見たところ、ずいぶん若いようだが」

「二十四になります」

若く見えるだけでなく、本当に若いのだった。

「——なるほどな」

クロロックはタンクの周辺をぐるっと歩いて回ると、

「確かに、タンクの下の隙間《すきま》は、ちゃんと調べた方が良さそうだ」

しかし、タンクの下の隙間は十センチほどしかなく、暗くて何も見えない。

「エリカ、ひと吹きしてみるか」

「うん、やってみよう」

エリカは膝をつくと、身をかがめて、タンクの下の隙間へ、思い切り息を吹き込んだ。

エリカも父の血を引き継いでいる。人間とは体力が違う。

埃《ほこり》も立ったが、カラカラと金属の転がる音がして、反対側へと出て来たのは、薬莢《やっきょう》だった。

「——凄い肺活量ですね！」

と、成田が目を丸くする。

「それを拾って、調べてみるといい」

と、クロロックは言った。

「そうします！」

成田はハンカチでその薬莢をそっと拾うと、

「重大な手がかりです！」

と、声を弾ませた。

「エリカ、成田君とケータイ番号を交換しておくといい」

と、クロロックは言って、

「何か分かったら、エリカの方に知らせてくれるかな？」

「もちろんです！　いや、何とお礼を言っていいか……」

若い刑事は、ダンスのステップでも踏みそうな様子で、屋上から立ち去った。

「――お父さん」

「うむ。全《まった》くもって不自然だ。あれほど簡単に見付かるものを、捜そうともしなかったとはな」

「どうしてかしら？」

「見付けたくなかったのかもしれん」

「つまり——警察が、ってこと？」

「あの成田という若い刑事にとっては、却《かえ》ってマイナスになったかもしれんな」

と、クロロックは言って、

「何か甘いものでも食べるか」

「最近、すっかり甘党だね。太るよ」

と、エリカは父親をつついてやった……。

その夜遅く、エリカが、

「そろそろ寝るか……」

と、伸びをしていると、ケータイが鳴った。

「あれ？」

昼間会った成田刑事からだ。

「──もしもし、神代《かみしろ》エリカです」

と出ると、少しして、

「夜分にすみません。成田です……」

と、力のない声だ。

「どうも。大丈夫ですよ。どうせ夜ふかしなんで。──何かありましたか？」

「いや……。ちょっと悩んでるんです。僕は刑事になって正しかったんだろうかと
……」

「どうしたんですか？」

「あの薬莢を持って帰って、上司に渡したんですが、何だかいやな顔をされて、

『分かった』と受け取ると、『このことは誰にも言うな』と言われました」

「変ですね」

「ええ。そして、そのまま薬莢を引出しに放り込んだんです。――気になって、さっき帰るとき、上司の机の引出しを開けてみると、入っていません。それで机の下の屑《くず》カゴを覗《のぞ》くと、そこに捨ててあったんです」

「ひどい話ですね」

「僕は、警察が正義を守る所だと信じて入ったんですが、これはどう考えても……。いや、申しわけない。こんなグチを言っても仕方ないのに」

「分かりますよ、その気持ち」

話していると、クロロックがやって来たので、エリカは成田を待たせて、話を伝えた。

「替わろう」

クロロックはエリカからケータイを受け取ると、

「成田君か。クロロックだ。今はどこにいる？」

「はあ……。アパートへ帰る途中の夜道ですが」

「気を付けなさい。アパートへ戻らん方がいいかもしれん」

「どうしてですか?」

「どの辺だ? そっちへ行ってやる」

エリカもびっくりした。

「お父さん――」

「出かけよう。そう遠くない。外にいるように言った」

と、クロロックはエリカを促した。


タクシーを降りると、静かな住宅地だった。

「この辺のはずだ」

「ケータイにかけてみる?」

「うむ、そうしろ」

エリカが成田のケータイへかけると、どこか遠くで呼び出しているのが聞こえた。

「あれだ！」

エリカは、小さな公園から手を振って出て来る成田の姿を見付けた。

「何だ、もっと落ち込んでるかと思ったのに、元気じゃない」

「若さというものだ」

と、クロロックは言った。

そのとき――急に車のライトが成田の向こうに見えたと思うと、その車が猛スピードで走って来た。

成田が立ちすくむ。

「お父さん！」

と、エリカが叫んだ。

「ヤッ！」

クロロックが、一瞬力をこめて両手を突き出した。「力の波」が、成田の体を空中にはね飛ばす。

車は成田をはねることなく、そのまま走り去った。

「――危なかったね！」

と、エリカは言った。

「これを心配していたのだ」

クロロックは小走りに急いで、

「手加減している余裕がなかったが……」

はね飛ばされた成田は、公園の中で大の字になって気絶していた。

「しっかりしろ！」

クロロックが揺さぶると、成田は気が付いて、

「あ……。僕、車にはねられたんですよね？」

と、目をパチクリさせて、

「でも、どこも痛くない。――どうしたんだろ？」

「心がけが良かったから、天が君を守ってくれたのさ」

「そうでしょうか。——うん、そうかもしれませんね」

どう見ても本気で信じているようだった……。

＊ 計画

野崎雪乃《のざきゆきの》のベッドのそばに、ツイードのジャケットを着た若い男が座っていた。

クロロックとエリカを見ると、雪乃が、

「あ、どうも」

と、嬉しそうに言った。

「努《つとむ》さん、こちらが、私をこの病院に運んで下さった、クロロックさんとエリカさん」

「これはどうも。国枝《くにえだ》努といいます」

と、青年は立ち上がって、名刺を取り出した。

「――ほう、〈Y新聞〉の記者か」

「以前、家庭欄《らん》を担当しているときに、あのレストランを紹介したことがありましてね」

と、国枝努は言った。

寝ている雪乃の表情は、明るかった。――この国枝という青年は、雪乃にとって、特別な存在らしい、とエリカは思った。

「それに、努さんは私と同郷なんです」

と、雪乃は言った。

「とっても田舎《いなか》なんですけど、自然のきれいな所で。ね、努さん？　小さいころ、よく小川で泳いだわね、二人で」

「そうだった。君はちっちゃかったけど、泳ぎが達者《たつしや》だったね」

と、国枝は言って、

「さて。――僕はこれから仕事があるんだ。じゃ、また来るよ」

「うん。ありがとう」

と、雪乃は言った。

「遠慮《えんりよ》はいらんぞ」

と、クロロックが真面目《まじめ》な顔で言った。

「くちづけの一つもしていってはどうかな?」

「そんな……」

と、雪乃がポッと赤くなる。

そして、国枝は笑いながら、雪乃の上にかがみ込むと、おでこにチュッと唇を触れた。

「――それじゃ」

病室を出て行く国枝を、雪乃は見送っていたが、笑顔が消えていた。

クロロックはしばらく黙って立っていた。

――雪乃はじっと天井を見つめていたが、やがてゆっくりとクロロックを見て、

「分かってらしたんですね」

と言った。

「分かってて、努さんにキスさせたんですね」

「いや、分かっていたわけではない」

と、クロロックは首を振って、

「ただ、記者にしては、君がなぜ狙撃されたか、その事情に関心がない様子なので、妙だと思ったのだ」

「じゃあ……何か分かったの？」

と、エリカが訊いた。

「一瞬でしたけど……。あの人が、『もうあの川じゃ泳げないんだよ』と考えてるのが分かりました。『君は何も分かってない』とも……」

雪乃がため息をついて、

「以前の努さんじゃなくなってる、ってことは感じていましたけど……。それは大人になったんだから仕方ないのかなと……」

「うむ……。仕方ない、ですむこととすまないことがある」

「クロロックさん、何かお分かりなんですか？」

「いや、そこまでは分からん」

「待って。雪乃さん。あなたの泳いだ川って、どの辺り？」

エリカは、雪乃の故郷を訊くと、スマホで調べていたが、

「——たぶん、その辺りの河川《かせん》は工場排水で汚染されて、泳ぐなんてとても無理みたい。そしてその工場って……」

エリカはクロロックを見て、

「〈S重工〉だ」

と言った。

どうして僕が……。

〈S重工〉の豪華な応接室に通されて、国枝努は当惑していた。

しかし、記者として、デスクから、

「インタビューに行って来い！」

と命じられたら、従わないわけにはいかない。

それでも、国枝も一応記者として、この〈S重工〉の開発本部長をつとめる早見《はやみ》利彦《としひこ》が「切れ者」として知られていることは承知していた。

だから、〈Y新聞〉がインタビューすることはふしぎでも何でもない。ただ問題は——一体何を訊けばいいのか、さっぱり分からないということだった……。

「——いらっしゃいませ」

美人の秘書がコーヒーを持って来てくれた。恐る恐る一口飲んだ国枝は、

「旨《うま》い！」

と、思わず呟《つぶや》いた。

さすがは大企業だ！

じっくり味わっているとドアが開いた。

「やあ、お待たせして」

颯爽《さっそう》と入って来たのは、国枝も顔ぐらいは知っている早見利彦だった。

「本日はありがとうございます！」

と、あわてて一礼する。

「いや、〈Y新聞〉は我々のような大企業に大変好意的な記事を書いて下さるので助かっていますよ」

と、早見は言って、

「どうぞ、コーヒーを召し上がって下さい。ケーキの一つでも出せばいいのに。気のきかないことで」

「とんでもない！　このコーヒー、おいしいですね！」

「そうでしょう？　うちの社長がコーヒー通《つう》でしてね、お客様に、まずいコーヒーを出すなど、とんでもない、と」

てきぱきした口調。五十そこそこのはずだが、エネルギッシュである。

「いや、本当においしいです」

と、国枝はカップを置いて、

「ところで、最近の〈S重工〉ですが、大きな話題になっている新しい技術がおありだそうで」

何も分からないときはこう訊くに限るのである。

「新しい技術ですか。何しろうちは大世帯でしてね……。どの部門の話ですか?」

それが分かれば苦労しないのだ。

「つまりですね、私からは――」

と言いかけたとき、国枝は不意にめまいがして、

「失礼、あの――ちょっと気分が……」

立ち上がろうとして、フラつく。

「どうしたんだろう?」

と、国枝は首をかしげて——そのままぐったりと気を失ってしまった。

「——大丈夫ですか？」

と、声をかけて、反応がないのを見ると、早見はケータイを取り出した。

「——もしもし」

と、早見は国枝の方へ目をやりながら、

「例の記者に飲ませましたよ。——ええ、今は気を失っています。ただ、肝心《かんじん》の、どの部分の記憶を消すか、その話になる前にのびてしまったので。——ええ、もう少し薬の量を少なくした方が。——そうですね。——ええ、呼吸などは特に乱れていませんから、心配ないでしょう。——また、結果は報告します……」

あれ？

国枝は、ふと我に返って、自分がタクシーに乗っていることを知った。

俺はどうしたんだろう？　いつタクシーに乗ったんだ？

するとタクシーが停まって、

「お客さん、〈Y新聞〉ですよ」

と言った。

「ああ。そうか。——うん、分かった」

ちゃんと自分の勤め先へ帰って来たのだ。

「いくらだい?」

「料金は〈S重工〉さんからいただいてます」

〈S重工〉。——そうだ。〈S重工〉の早見にインタビューを……。

インタビューした記憶がないが、ちゃんとしたんだろう。

ともかく、タクシーを降りて、国枝はビルへ入って行った。

席に戻ると、デスクが、

「おい、国枝」

と呼んだ。

「はあ」

「さっき、〈S重工〉の早見さんからわざわざ電話があったぞ」

何かやらかしたのだろうか？　国枝は一瞬青くなったが、デスクは上機嫌で、

「いいインタビューだった、とおっしゃってたぞ。『くれぐれも国枝さんによろしく』とのことだ」

「そう……ですか」

何だかよく分からないが、向こうがそう言ってくれているのなら……。

「今度ぜひ一度食事に誘いたいそうだ。うまくやったな！」

「はあ」

席へ戻ると、パソコンに、早見からメールが入っていた。食事への誘いだ。

それも超高級フレンチの店！

「しかし……俺、何を訊いたのかな」

と、首をかしげていると、ケータイが鳴った。

「――国枝です」

「努さん？　今日はお見舞いに来てくれてありがとう」

国枝はしばらく黙っていた。――見舞い？

「もしもし、努さん？」

「あの……失礼ですが、どなたですか？」

と、国枝は訊いた。

「え？　――国枝努さん、でしょ？　雪乃よ。野崎雪乃」

「野崎さん？　――すみませんが、思い当たりませんね。人違いじゃないですか？」

「何言ってるの？　努さん――」

「忙しいんでね。失礼」

と、切ってしまって、国枝は、

「わけの分からない女ってのがいるんだよな」

と呟いた……。

✠ 消失

「一体何があったんでしょう?」

と、雪乃《ゆきの》はため息をついて、

「私、そんなに悪いことしたのかしら……」

「君のせいではない」

と、クロロックが慰《なぐさ》めて、

「これには、おそらく何か大きな陰謀《いんぼう》が絡んでいるのだ」

と言った。

「陰謀——ですか」

と、雪乃が目を丸くしている。

「お父さん、どういうこと？」

と、エリカが訊いた。

クロロックとエリカは、雪乃の病室を訪ねて来ていた。

「その話にはもう一人加わってもらいたいのだがな。――そろそろ来るころだ」

ちょうど病室のドアが開いて、

「こちらでよろしいんですか？」

と、成田《なりた》刑事が顔を出した。

クロロックが成田を紹介して、

「君の来るのを待っておったんだ」

「そうですか。クロロックさんには命を助けていただいたので……」

成田も、車にひかれずにすんだのは、クロロックの力だったと分かったのだ。

成田の話を聞いて、雪乃は、

「そんなひどいこと……。じゃ、私を撃ったのが誰なのか、警察は調べてくれてないんですね？」

「いや、形だけは捜査していることになっています。しかし、担当の者は今温泉に遊びに行っていて……。しかし、先輩ですから、僕としても何も言えず」

「分かります」

と、雪乃は肯いて、

「でも、成田さんはきっと犯人を見付けて下さいますね」

そう言われると成田も辛《つら》そうだったが、雪乃は、

「約束して下さいね！」

と、念を押して、

「指切りしましょ」

成田も、成田の方へ手を伸ばした。

成田も、ほとんど反射的に手を出して、雪乃と指切りをした。

——成田が帰って行った後、クロロックは、雪乃へ、

「どうだったかな?」

と訊いた。

「はい。本当に真面目《まじめ》な方ですね。心底、私に申し訳ないと……」

「それが当然だ。——ときに、雪乃君。あのレストランに、〈S重工〉の人はよく来るのかね?」

「そうですね。よく個室をお借りいただいています」

「狙撃されたときの前に、個室での話が耳に入ったことはなかったかね?」

「はあ……。特に何とも……」

と言いかけてハッとした様子で、

「そういえば、あの日……」

「何かあったのかね?」

「はい。いつも通り個室へお通しして、とりあえずおしぼりやお水をお持ちしたん

です。そしたら、ケータイに母から電話が。私、個室から急いで出て、母と電話で話してたんです」

と、雪乃は言った。

「それで、話がすんだとき……」


ちょうど個室のドアが開いた。

そして、出て来た男は、雪乃を見ると、

「ここで何をしてる！」

と、鋭い口調で言ったのである。

雪乃はちょっとびっくりしたが、

「すみません！　あの——母から電話で。申し訳ありません」

個室を出た所で話していたので、中に聞こえていたのかしら、と雪乃は思った。

しかし、それにしても、雪乃を見る目つきの鋭さは普通ではなかった。

しかし、それはほんの数秒のことで、

「そうか。いや、何でもない」

と、その男はすぐに穏やかな微笑《ほほえ》みを浮かべると、

「あと二人来るが、少し遅れると連絡があった。飲み物を出してくれ」

と言った。

「かしこまりました」

その男は、雪乃の胸の名札を見て、

「野崎《のざき》君というのか」

「はい。野崎雪乃と申します」

「いい名前だね」

「ありがとうございます。ではお飲み物を伺《うかが》って……」

「全員シャンパンでいい。頼むよ。高級な方でね」

「かしこまりました」

雪乃は、少しホッとして、個室の前を離れた。

「特に叱《しか》られたわけじゃないんですけど」

と、雪乃は思い出しながら、

「あのとき、私をにらむように見た目つきは怖かったです」

「その男は〈S重工〉の誰なのか分かるかね？」

「はい。そのときは存じあげませんでしたが、後で雑誌に記事が載っていて。その写真で分かりました。〈早見利彦《はやみとしひこ》さん〉とおっしゃる方です」

「名前は知っておる。〈S重工〉の事実上のトップと言われている男だね」

と、クロロックは肯《うなず》いて、

「頭の切れる男だと評判だが、一方で裏社会とつながっているという噂《うわさ》もある」

「でも――あのとき、私は母とケータイで話してましたから、中の話など全《まった》く聞いていませんでした」

「それを信じなかったのかもしれんな。それとも、聞いていたにせよ聞いていなかったにせよ、君を狙うのは実験だったのかもしれん。その標的にちょうどいいと思われたのか……」

「私、何も知りません！」

「分かっている。――鍵《かぎ》は、君のあの記者の彼氏だな」

「でも、努《つとむ》さんは私のことなんか知らないと……」

「彼が嘘をついているのか、あるいは、君についての記憶を失っているのか……」

「記憶を？　でも、そんなことがあったら当人も周囲も気が付くのでは？」

「そこだ」

と、クロロックは難しい顔で、

「これは私の想像だが……」

「わが社が製薬部門を持っていることは、一般にはほとんど知られていません」

と、早見は言った。

「実際には、地方にあった製薬会社を買収したのですが」

そう広い部屋ではなかった。教室の形に机と椅子《いす》が並べられ、席は埋まっていた。

早見はマイクを手にして、

「もともと優秀な技術を持っていた会社で、特に地方にあるので、その研究内容が洩《も》れる心配がありません」

そして、一同を見渡すと、

「皆さんにお約束していた薬が、ついに完成しました！」

と、力をこめて言った。

一瞬、室内がどよめいた。

「人間によって、効果も実証されています。ただ、個人によって適量があると思われるので、もう少し具体的な例を積み上げていかねばなりません」

参加者から、

「その効果はずっと持続するのかね？」

と、声が上がった。

「もちろんです。一旦消えた記憶は戻りません」

「特定の問題については記憶を失ってもいいが、他の記憶まで失われては……」

「ご心配はごもっともです」

と、早見は肯いて、

「そのためにも、人間を使った実験を行う必要があります。もちろん、これは非合法です。その点、どなたもご承知のことと思いますが、今さら、『違法なことは困る』などとおっしゃる方はありませんね？」

ちょっと笑いが起こった。

「実験のためには、実際の戦場に行った兵士が必要です」

と、早見は言った。

「その点、アメリカ陸軍からの協力を取りつけることに成功しました」

早見の言葉に、自然に拍手が起こった。早見は得意げに、

「アメリカ陸軍でも、いつ狙われるか分からない場所でのストレスから心を病んで、戦場から脱落する兵士が増えていることに、頭を悩ませているのです」

と言った。

「そういう兵士に、この薬を服《の》ませることで、戦場での恐怖の記憶だけを消し去ることができるのです。恐ろしかったことを忘れれば、兵士はまたすぐに前線に戻れます。これは画期的なことです」

拍手が起こった。——早見は得たり、という笑顔を見せて、

「以後も、実用化に向けて、努力していきます。ここにお集まりいただいた皆様には、定期的にご報告を入れます」

と言うと、場内が明るくなった。

早見は、

「では、この後、隣の部屋に簡単な食事と飲み物を用意してございますので、ゆっ

くりお過ごし下さい」

と、両手を広げた。

それが合図で、後ろの壁がスライドして開くと、料理の並んだビュッフェスタイルのパーティ会場が現れた。

出席者が立ち上がって、パーティへと移る。

早見は素早くパーティ会場の方へ移動して、ステージの上に上ると、マイクに向かって、

「では、乾杯したいと思います」

と言った。

「乾杯のご発声は、お忙しい中、わざわざおいで下さった、高田《たかだ》官房長官にお願いいたしたいと思います。――よろしく」

盛大な拍手の中、現政権の〈顔〉とも言える官房長官がマイクの前に立った。

「では皆様、飲み物を……」

シャンパングラスが、全員に配られる。

「――では、〈S重工〉のすばらしい仕事に乾杯しましょう！」

と、官房長官がグラスを上げて、

「乾杯！」

全員が「乾杯！」の声と共に、グラスのシャンパンを飲み干して、再び拍手が――。

しかし、その拍手は長く続かなかった……。


「TVも新聞も大騒ぎしてるね」

と、エリカが言った。

「ねえ、何があったのかしら」

と、涼子《りょうこ》が朝食のトーストにバターを付けながら、

「ホテルの人は焦ったでしょうね。乾杯したら、全員が気を失って倒れちゃったっ

ていうんだから」

「ふしぎなことは、いつの世にもあるものだ」

と、クロロックが言った。

「もっとふしぎなのは、みんな十分ぐらいで気が付いて、何ともなかったらしいけど、でも誰も、その日の会合が何のためだったか、憶えてなかったってことね」

と、涼子は言った。

「忘れた方がいいこともある」

と、クロロックは言って、涼子へ、

「まだコーヒーは残っとるか?」

「ええ、持ってくるわ」

と、涼子が立ち上がった。

エリカとクロロックは顔を見合わせ、ちょっと微笑んだ。

「あの薬、よく効いたみたいだね」

「そうだな。――ああうまくいくとは思わなかったぞ」

〈S重工〉の幹部社員の一人に、クロロックが催眠術《さいみんじゅつ》をかけ、〈謎の薬〉のことを訊き出した。そして、関係者が全員集まる会があると知って、薬のサンプルを手に入れ、乾杯用のシャンパンに入れたのである。

正に、飲む直前に話していたことを、すべて忘れてしまったのだった。

「もちろん、研究については調べれば分かるだろう。しかし、出席していた連中が、本当に記憶を失ってみて、『こんなものは作ってはいけない』と思ってくれたらいいのだがな……」

「それは無理かも……」

「ああ。もちろん、その薬のことを書いてくれるように、知り合いの新聞記者に頼んでおいた」

「問題になるよね」

「そう願うな」

NEWS
工 集

と、クロロックは肯《うなず》いた。

「あ、メールが」

と、エリカはケータイを見て、

「成田刑事からだ。雪乃さんを狙撃した犯人が逮捕されたって!」

「それは良かった」

「でも、その男、どうして雪乃さんを撃ったのか、憶えてないそうよ」

「あの薬の実験台にされたのだな。まあ、雪乃が話を聞いていたかもしれないと思ったのだろうが、むしろ、狙撃させて雪乃の口をふさぎ、撃った男の記憶を消せばちょうどいいと思ったのではないかな」

「雪乃さん、また国枝《くにえだ》さんと付き合うのかしらね」

「さあな。恋も二度目ならスムーズに行きそうだが」

涼子がコーヒーサーバーを手に戻って来て、

「今、恋がどうとかしたって言ってた?」

と、涼子は言って、

「まさか、あなた、恋人を作ったわけじゃないわよね」

と、クロロックを見た。

「何を言う！　私の恋人はお前一人。これは歴史的事実だ！」

オーバーな言い方に、エリカは思わずふき出した……。

※この作品はフィクションです。実在の人物・団体・事件などにはいっさい関係ありません。

集英社オレンジ文庫をお買い上げいただき、ありがとうございます。
ご意見・ご感想をお待ちしております。

● あて先
〒101-8050　東京都千代田区一ツ橋2-5-10
集英社オレンジ文庫編集部 気付
赤川次郎先生

集英社
オレンジ文庫

吸血鬼と呪いの森

2020年7月22日　第1刷発行

著　者　赤川次郎
発行者　北畠輝幸
発行所　株式会社集英社
〒101-8050東京都千代田区一ツ橋2-5-10
電話【編集部】03-3230-6352
【読者係】03-3230-6080
【販売部】03-3230-6393（書店専用）
印刷所　大日本印刷株式会社

※定価はカバーに表示してあります

ISBN 978-4-08-680329-8 C0193

集英社オレンジ文庫

松田志乃ぶ

赤ちゃんと教授

乳母猫より愛をこめて

訳あって仕事と住まいをなくした
ベビーシッター・鮎子の新たな仕事は、
生後半年の甥を養子に迎えた大学教授の
偽婚約者として一緒に暮らすこと!?
高額報酬につられて仕事を始めるのだが…?